現代日本文学のポエジー

虹の聖母子

横山 昭正

溪水社

表紙カヴァー／扉：
ミケランジェロ「聖母子」（黒炭と赤・白チョークの下絵デッサン。フィレンツェ、ブオナロティ家）に由る。

デザイン：広川　智佳子

まえがき

中学の国語教科書でヴェルレーヌの「秋の歌」[*]（上田敏訳）に出逢い、それをきっかけに私はヨーロッパの詩人の訳本に読み耽った。主に布表紙の新潮文庫で、ボードレール、ランボーなどフランス象徴派の詩人を知った。マラルメやヴァレリーの詩はほとんど理解できていなかったはずで、ただそのどこか幽遠な雰囲気に惹かれていたように思う。同じ頃、やはり教科書で知った萩原朔太郎、高村光太郎、金子光晴らの作品にも驚き、彼らの詩を手当たり次第に読んだ。平仮名で記された「ふらんす」（朔太郎「旅上」）や「カテドラル」（光太郎「雨に打たるるカテドラル」）に想いを馳せ、「詩は何よりもまず音楽でなければならない」[**]（朔太郎『青猫』〔一九二三年〕の「自序」）という宣言について考えこんだ。

散文では、マルタン・デュ・ガール『チボー家の人々』（山内義雄訳）の「美しい季節」、ジャック・ドゥ・ラクルテルの『シルベルマン』、アンリ・ドゥ・レニエの『燃えあがる青春』、ポール・ブールジェの『死』（原題は『死の意味』）に魅せられた。これらの読書が、私にフランス文学を専攻させる機縁になったことは確かである。

大学に入って詩作にのめり込み、作品を同人誌に発表しはじめた頃、私は「荒地」派やその後の詩人たちの詩と詩論に夢中になっていた。そんなある日、大学の正門向いの書店で『村野四郎詩集』（新潮文庫）の「鹿」に出逢った。たった十一行の活字のまわりがしんと静まりかえり、本棚の間に立ちつくす私の周辺も静寂で凍りつくように思われた。私は音楽でも絵画でも、作品に憑かれると背筋が急速に冷えてくる感じに襲われるが、それに似ていた。村野は既に、私たち若者が『現代詩手帖』や『詩学』で読み、話題にするような詩人たちからみれば少し古い世代に属していたが、この時を境に、彼を超えることが意識的にも無意識的にも私の詩作の目標になった。彼が撰者をつとめる雑誌に投稿し、撰には漏れたが短評をもらったこともある。行きつけの古本屋でみつけた、貧乏学生には高価な『亡羊記』***初版本を店主に取っておいてもらい、工面したお金で後日手に入れたときの胸の高鳴りは今も蘇る。

彼の詩を凌いだとはいえないまでも、その呪縛を離れ、私なりの作品を書いてゆけるかもしれないと感じたのは、詩集（『夢の錨』思潮社）を刊行した頃である。本書の「村野四郎の詩法」は、私自身の村野作品への耽溺に区切りをつけるつもりで書いたものである。

先に出版したフランス文学論集の「あとがき」にも述べたが、私のなかでは、詩を作ることと詩論や小説論を書くことは区別されていない。詩も散文も、同じ意識で読み、書いている。まど・みちおの詩（少年詩・童謡・散文詩）はもちろん、堀辰雄や志賀直哉の小説を読むときも、私はそこに、私がいつの間にかとり憑かれ、いつも追いかけている《詩》――ポエジーとしか名づけようのないものを無意識のうちに探している。それを感知し、それと互いに浸透し合い、一体化するのは、私たち一人ひとりに訪れる極めて個人的な、孤絶した喜びである。ポエジーは、音楽や絵、建築や風景、宇宙の無辺際の動き、あるいは草木虫魚のささやかな営みのなかにも潜んでいる。私がその発見を文字にして発表するのは、あのひそやかで、しばしばあやふやな喜びを己に確かめ、他者に伝え、それが共有されるよう希うからである。

文学に限らずさまざまな芸術に向きあうとき、私が心がけているのは、作品との対話の時間が私たちの小さな身体（知性と感性の入りまじる肉体）の隅隅まで沁みいり、分かちがたく溶けこみ、葡萄酒のように醗酵し、熟成するのを待つことである。その上澄みだけがポエジーと呼ぶにふさわしい。それを言葉で汲みあげ、できるだけ味を損ねずに渇いた咽喉へ注ぐこと――これが私にとっての批評である。楽しいけれど、とてもデリケイトな、難しい営みである。このように考えると、批評家はソムリエに似ている。

自分でも葡萄酒を作るソムリエである。

＊ポール・ヴェルレーヌ「秋の歌」、『サテュルニアン詩集』、ルメール書店、一八六六年十月。上田敏訳詩集『海潮音』（本郷書院、一九〇五（明治三八）年十月）所収。

＊＊ポール・ヴェルレーヌ「詩法」、『昔とちか頃』、レオン・ヴァニエ、一八八五年一月。『現代のパリ』Paris Moderne（一八八二年十一月十日）初出。

＊＊＊村野四郎『亡羊記』、政治公論社『無限』編集部、一九九五（昭和三四）年十一月。

現代日本文学のポエジー
―虹の聖母子―

目次

Ⅰ　虹の聖母子

――まど・みちおの詩のイコノロジー――

はじめに

まず、次のたった九行（行あきも含め）の詩「にじ（一）」を読んでみよう。

にじ
にじ
にじ

ママ
あの　ちょうど　したに
すわって
あかちゃんに
おっぱい　あげて

この、虹をみつけて「きれい！」とも「ほら　みて！」とも言わず、ただその呼び名をくり返し叫ぶだけの話者は、赤ん坊の幼い姉か兄であろう。その願いごと（第二節）を聞き届けて、母親が虹の下まで行ったかどうかはわからない。にもかかわらず私たちの脳裡には、作品が終わった時点から始まるかもしれぬ光景――虹の「ちょうど　したに」「すわって」赤ん坊に乳房をふくませている母親と、それを眺めている幼児の姿が鮮やかに浮かぶであろう。親密であると同時に壮麗な、日常的であると同時に宇宙的な情景が静かに拡がってくる。授乳というささやかな、しかも根源的な生命の営みが一切の状況説明や修飾なしに描き出される。否、描写すらない。時と場所はもちろん、その他の地上的な限定も全くない。その故もあって、この情景は天上的なものに感じられてくるのではあるまいか。

一　「ぞうさん」のこと

「珠玉の名品」とは、この「にじ」のような作品を指して言うのであろう。まどには、作曲されたものもそうでないものも含め、枚挙にいとまがないほど多くの秀作がある。

その中でもおそらく最も親しまれているのは「ぞうさん」であろうが、私はこの作品を、たとえば阪田寛夫ほどには高く評価していない。しかし、ここにとりあげる「にじ」は、子供のための詩（少年詩あるいは童詩という呼び名があるようだが、定着していない）に限らず現代詩全体の中でも白眉の名作であると考えている。その理由はあとで述べるとして、「ぞうさん」について阪田は次のように記している。

私はおもちゃを買い与えられない父と、買って貰えない子供とが、悲しい心を持って立った黒焦げの象舎に、その時見えない象を見た、という一点に深く感動した。そこに、底ぬけの貧しさと明るさの同居する戦後の焼け跡の、新しいいのちの芽ばえを認めたからだ。「ぞうさん」の歌が、戦後の童謡のなかの、第一番の代表作である理由が、ここにあると私は認めた。(二)

これは、まどにインタビューした新聞記事に触発されて、阪田が彼自身の「空想(三)」も交えながら書いたものである。ところが記事そのものに、取材者によるフィクションが加えられていた事実をまどの口から教えられ、困惑する。まど自身の気持ちは阪田の次の報告に集約されている。

〔……〕とりわけ動物園へ行って象の歌を書いたと受けとめられかねないところに不満があるらしいのだった。(四)

これは、作品の生成にかかわる証言として重要である。「ぞうさん」の詩を作るために動物園へ象を見に行ったのではない、この作品が実体験からじかに生まれたと思わないでほしい、というのがまどの願いである。

阪田のような受けとり方には、良くも悪しくも私小説的発想が認められる。私はまどの「不満」に共感する。そして、作者（詩人）にとって最も大切な問題は、作品がそれ自体で自立し、その言語表現によってのみ作者の発見、あるいは思想を読者に伝え得るか、ということで、実生活で体験したことの忠実な再現であるか否かは重要ではない、と言うべきである。もちろん作者の実体験にかかわる何らかの情報が、読者の理解を助けたり、深めたりすることもある。しかし逆に、そうした情報や予備知識が作品の素直な享受を妨げる可能性もあることを忘れてはならない。

残された問題は、前述の制作の背景を抜きにしても「ぞうさん」を「戦後童謡の代表作」(五)（阪田）と評価できるか、ということである。この詩が、團伊玖磨の秀れた曲と相まって広く普及したことも考慮に入れて、阪田の判断を受け入れてもよい。さらに、彼の「ただ暖く優しい字義通りの「ヒューマニズム」のうただとばかり思ってきた」(六)ことへの反省もよく分かる。この作品はたしかにそんなに甘いものではない。また、阪田の想い描いたという敗戦後間もない頃の象舎のイメージはなるほど感動的であり、これを頭において読み返す（あるいは歌ってみる）と、作品の世界はより深く感じられるかもしれない。しかしながら、阪田の「〔まどさんと長男は目〕に見えない象をそこに見た」(七)という推測について言えば、不在の事象を想像力によって「見る」資質は、詩人に限らず芸術家なら誰でも具えているはずであり、驚くにはあたらない。言うまでもなく、この詩の読者も歌い手も、教えられぬ限り作品誕生の経緯は知る由もなく、彼らにとっては、いわば白紙の状態で作品の魅力を感じとれるかどうかが問題となる。その場合、当然、受けとり手の感受性、想像力、読書経験などから解釈の深さや広さに違いが出てくるだろう。しかし、いずれにしても彼らは、まど自身が述べている「ぞうさん」の主題には、十一行の言語表現によるだけでもゆきつくことができるのではなかろうか。

　つまり、あの歌は、動物が動物として生かされていることを喜んでいる歌なのです。(八)

異様に長い、見方によっては醜悪ともこっけいともとれる鼻をもっている自分を恥ずかしがらず、仔象はそういう動物として「生かされている」ことを引きうけ、誇らしく思っている、そして、彼女そっくりに自分を生んでくれた母親を、ごく自然に「すき」とうちあける仔象の思いが、優しい子供ことばの会話を通して伝わってくる――それが大切なのだ。

「ぞうさん」と「にじ」の詩作品としての優劣を論じることはとても難しいし、たとえその判定を下しても無意味であろう。ただ私は、次の二・三章に述べる解釈に基づいて、やはり「にじ」の方を高く評価するとしか言えない。

なお、まどの自註について、二つのことを指摘しておきたい。一つは、ここに述べられた主題がまどの全作品を貫くものであるということ――これは、動物に限らず、植物や無機物、自然現象、宇宙の森羅万象に対してまどが持ちつづけている思想である。彼の詩作の根幹は、「生命讃歌」というより無生物も含めての「存在讃歌」にある、とみなすことができよう。この事とも関わってくるが、二つ目は「生かされている」という考え方である。その根底には、宇宙と、宇宙の中にあってこれを形づくっている存在のすべてを在らしめ、見守っているある超越的な力と意志をもつ唯一者、まどにとってはキリスト教の神の姿がかいまみえるように思われる。

二 「にじ」の解釈 1

詩「にじ」にもどって、少し詳細な分析を加えてみよう。

最初の節で話者が、虹を見つけた驚きと喜びを、ただ単にその名をくり返す行為だけで表していることは既に指摘した（もしかすると、話者は「にじ」の語を大声で叫んだのではなく、口の中で呟いただけかもしれない）。ワーズワースWilliam WORDSWORTH（一七七〇—一八五〇）の虹についての詩 *My Heart Leaps Up …* と同じように、対象の描写も一切ない。都市なのか田園なのか、また季節も、一日のいつ頃かも示されていない。従って読者は、それぞれの記憶の底に眠る虹を喚びさますしかない。このとき、様々な修飾や状況説明による対象の限定は、むしろ読者の自発的（あるいは無意志的）な想起の妨げになるかもしれない。（九）また虹の一語が私たちの脳裡に喚起するのは、弧の大小、色彩の濃淡に多少の違いが出ても、おそらくほぼ同一の、似通ったイメージであろう。これに対して空や雲、雨や風、あるいは太陽や月などの場合、単一のイメージは形成されにくいのではなかろうか。さらに、私たちがほぼ一様に美しい虹のある風景を想い浮かべるとしても、それは「にじ」という音そのもの（シニフィアン）に特に美しさがあるからではない、と言わねばならない。まどはこうしたことを意識的に、あるいは直観的につかんで、この節を書いたに違いない。

ここで確かめておきたいことがいくつかある。まず、まどの作品における、対象の描写の欠如（削除と言うべきか）もしくは少なさについて——これは、対象がしっかり観察されていないというのでは決してない。彼は大抵の場合、透徹した凝視によって対象の特質をまるごとつかみとり、それをさりげなく語りに溶かしこんでしまうのである。次に「にじ」という語の喚起力について——誰もがほぼ同一のイメージを想起するかもしれないが、そのイメージは一般性の故に固定的で変形しにくい。その上、たとえば未来にかける希望の橋、はかない夢のなごりの橋…などという、誰でもが思いつきそうなありふれたコノテーションや暗喩と結びつきやすいが故に、虹は、独創的な作品に仕上げるには極めてむずかしい素材であると言わねばならない。ここでは一切の形容や比喩を避け、授乳する母子像と組み合わせることで、詩人は通俗に陥らずにすんだのである。私たちはもっと後で、虹を素材にしたまどの他の作品について、そうした詩法上の工夫と思索（この二つは別のものではない）の跡を辿ることにしたい。

三　「にじ」の解釈　2

単純・平板なようにみえながら、意外に重層的で奥行きふかいのがこの作品の構造である。

前にもふれたが、虹の下で授乳する母子の姿は、話者の頭の中にしか存在しない（さらに言えば、母子が実際に虹の下まで進んだとき、彼らの眼には虹は見えないはずである）。つまり、その光景は話者の脳裡に、話者の語り（＝ことば）によってくり拡げられる想像力の産物なのだ。同時に、話者の語りの進行に従って、同じような光景が読者の内部に描き出される。私たち読者は、授乳図を想像力の中で見ている話者の位置から（話者と一体化して、あるいはその少し外、というか背後から）同じ対象を私たちの想像力の中で見る。その私たちにとって、同時に、話者自身がこの授乳図を形成する一部分（大切な登場人物）でもある。プーレ Georges Poulet（一九〇二―）がフロベール Gustave Flaubert（一八二一―八〇）の『ボヴァリー夫人』*Madame Bovary*（一八五六）の一節をアウエルバッハの『ミメーシス』に倣って分析しているが[十]、その表現を援用するなら、私たちは、「授乳する母子を見ている話者を見ている」ことになる。
しかも、くり返し述べたように、この虹の下の授乳図は、話者の願望（想像力）の中につつましく成立するが、それが実現されるかどうかは全くわからない、あわい夢として表現されており、そのことは、虹の奇蹟的な、しかも束の間の出現の、脆さ、儚さと呼応しているように思われる。

四　まどと虹

まどの詩にとって、あらゆる自然の事象の中でも「虹」は重要なモティーフである。「どうしていつも」（十二）を読むと、その理由の一端が窺える。

太陽
月
星

そして
雨
風
虹
やまびこ

ああ　一ばん　ふるいものばかりが
どうして　いつも　こんなに
一ばん　あたらしいのだろう

ここで気づくのは、もし詩人の感性がなければ、私たちは「一ばん　ふるいもの」を「一ばん　あたらしい」とは捉えられないだろうということである。
ちなみに、この詩に出てくる事象を題名に含む作品の数は、次のとおりである。
太陽　５（「おひさま」２、「朝日に」１）
月　４（「おつきさま」１）

星　9（「おほしさま」1、「一ばん星」4）
雨　23
風　4
虹　7
やまびこ　1

詩の題にこうした事象名が用いられるのは、作者がそれらと真正面から取組んだことを示すと一応は考えられよう。とすると、「虹」は「雨」、「星」に次いでまどの好んだモティーフと言える（「星」では、「一ばん星」の多さが目立つ）。
これらに加え、他の主な事象についてみると次のようになる。

空　7（「あおぞら」1、「うみとそら」1）
雲　2（「にゅうどうぐも」1）
雪　11
あられ　2
夕焼　4

地球　5
海　4

二つの表をあわせ比べても、「雨」が圧倒的に多いが、「虹」は「雪」、「星」に次ぎ、空と同数で、太陽、地球よりも多い。

言うまでもなくこれらの語は、題名として以外に、様々な作品の本文中に登場することがしばしばである。さらに「雨」と「虹」は関わりが密接なため、雨の詩に虹がよく出てくるし、その逆のこともある。「虹」の語が、題ではなく本文中に用いられた作品は次の二十一篇である。

①「びわ」、②「でで虫」、③「デンデンムシ」、④「しゃぼんだま」、⑤「あめがやんだ」、⑥「あめがふる」、⑦「なにやろうか」、⑧「あめが　あらった」、⑨「駅のホームで」、⑩「あめの　ふるひに」、⑪「デンデンムシ」、⑫「スイミツトウ」、⑬「デンデンムシ」、⑭「どうしていつも」、⑮「見えない手」、⑯「水は　うたいます」、⑰「てんとうむし」、⑱「どうぶつたち」、⑲「るん　らん　りん」、⑳「雨」、㉑「シダレヤナギ」

これだけでも、色々な傾向が窺えて興味ふかい。二、三挙げてみると、まず、先述のように、「虹」が「雨」と一緒に歌われるのはごく自然なことである。「なにやろうか」(十二)⑦は、梅雨頃の田植えを歌った童うたである。

次はその第一節――

かけろ　けろけろ
にじ　かけろ
たうえの　ちょうどうえに
にじ　かけろと
よんでる　かえるに
なに　やろか
とれた　おこめで
もち　ついて　やろうか

主題の詩「にじ」では、まず虹がかかっており、その「ちょうど　した」での母子の授乳図が夢想されるのに対し、この作品では、田植え風景がまず在って、その「ちょうどうえに」かかる虹が想い描かれる。かえるの鳴き声が、人間（特に日本人）の生存の基本をなす食物（「おこめ」）の苗を植える大切な営みの上空に虹をかけろと呼びかけているように、話者には聞こえたのである。呼びかけの相手は天の神さまであろう。天と地の想像上の交感。虹はお百姓の重労働へのねぎらい、あるいは祝福のしるしであろうか。「おっぱい」は私たちが生まれたとき、離乳してからは「おこめ」が生存には欠かせない。どちらの作品でも、虹は、生命にとってかけがえのない糧を真上から見守る役割りを与えられているようである。だが、まどは「なにやろうか」で、この意図を、さりげなく言葉あそびの中に溶けこませている（蛙の鳴き声「けろけろ」と「かけろ」）。

つぎに、「るん　らん　りん」⑲の第二節（十三）では、

てのひら
てのひら
ての　たいこ
ぱぱんと　たたけば
あめが　やむ

そらに　にじ　かかる
るん　らん　りん

と、歌われる。むろんナンセンスな（私は否定的に言っているのではない）、あそびの要素の強い詩であるが、地上の小さな「わたし」の小さな掌のたてる音響によって雨が止み、虹がかかる――ここには大空と小さな肉体、天と地とのあいだの壮大な共鳴（交響）という主題が隠されていると思われる（この、虹と音の結びつきは、どの重要な発見であり、後に詳しくふれる）。

もう一つ、「シダレヤナギ」(十四)㉑にふれておきたい。これはなかなか秀れた作品であるが、二節と三節を引く。

雲ひとつない
きみの心の空には
いつも　ほほえんでいるのだろう
雨のお母さんの　あの虹のひとみが
しっとりと

大きくすみわたって

むげんの宇宙のこのへんで
むげんの時間のこのへんで
そんなに
どんな　ほかの木でもない
シダレヤナギよ

まず第三節について、簡単に言及しておきたい。「このへんで」という言い方はあいまいなようであるが、私は、これしかない正確な表現だと考える。なぜなら、宇宙空間も時間も「むげん」、つまり始まりも終りも分からないのであるから、この木が、「〜国、〜県、〜市」のどこに生えていようが、「〜年〜月〜日」に作者が生息を目にしていようが、それは人間のきわめて狭い、短い尺度による確認でしかなく、恣意的な限定にすぎないのである。従って「このへん」という指定が、漠然としているようで的確(言い得て妙)なのである(同じ表現が、「雨がふる日には」(十五)でも用いられている)。

さて、「お天気の日にも」、「自分にだけ　わかる雨を／自分にだけ　ふらし／みちた

りて　ぬれているのか」と話者の問いかける「シダレヤナギ」の木には、きっと「雨のお母さん」がいて、その「ひとみ」は、形といい色といい、虹に他ならない、と話者は想像するのである。「虹のひとみ」という比喩は、「ひとみ」を「虹」と直結させた、とりようによっては少し甘美にすぎる暗喩だが、想像力で産み出した「シダレヤナギ」の「雨のお母さん」と結びつけられることにより、感傷をまぬがれている（まどは、ひとみから虹ではなく、虹からひとみを連想したのかもしれない。が、どちらであっても、いまそのことは重要ではない）。

ここで一つだけ、小さな気付きを記しておこう。虹は小雨が降っているときでも、陽光が射せば現れることもあるが、通常は雨がやんだときかかるものである。とすれば、「虹のひとみ」は、「雨のお母さん」が去った後に青空に「しっとりと／大きくすみわたって」残されたものということになる。だからこの表現はおかしい、間違いだと言っているのではない。たとえ「雨のお母さん」が不在であろうと、シダレヤナギの「心の空」に、母のひとみが「ほほえんでいる」のではないか、と想像することは、不思議でも何でもない。私たちの内面の記憶の世界でも、同じようなことはいくらでも起っているのだから。

五　虹とデンデンムシ

題名ではなく本文中で虹の語が用いられている二十一篇の詩の中で、もう一つ著しく目を引くのが、小さな虫、ことにデンデンムシとの結びつきである。これについては少し後で詳しくふれるが、虹に対して同じような関わりをもたされるのが「なめくじ」で、これは「あめの　ふるひに」(十六)⑩に出てくる。

あめの　はれまに
なめくじちゃんが　えを　かいた
まどに　のぼって　ぬるぬるぬるぬる
にじが　たいそう　してる　えなのに
ほんとの　にじが　ひとりだけ
とおくから　わらった

「ぬるぬるぬる」は、絵具を「塗る」とかけているのであろう。ナメクジの這いまわった跡が虹のように光る――この精一杯の、だが稚拙で矮小な図画（類推すれば人の生きた足跡あるいは芸術作品）は、空にかかる本物の虹の笑い（しかし嘲笑ではあるまい。これは「シダレヤナギ」の「虹のひとみ」のほほえみと同じような笑いととりたい）を誘うばかりである。付言しておきたいのは、ナメクジはデンデンムシに比べて、人間（特に大人）には余り好まれない生きものであるが、この詩では、幼児のいたずらを見守る母親の視線にこもる慈みのようなものがその営みに注がれていることである。

　これとほぼ同じ内容の詩が、初期（一九四一年三月初出）の『洟の絵――お母さん。ミー坊ったら／お洟で絵をかいてるんですよ――』の第一篇「でで虫・――」(十七)である。もちろん洟で絵を描くなどというのは嫌悪を催させる行為で、「ミー坊」の兄弟か誰かがそれを母親に言いつけているのがプロローグである（あるいはこれは話者とも考えられる。全三篇の詩で、実は「ミー坊」の絵を温かくうけとめ、世の母親たちに、幼児の洟はちっとも汚くない――洟をたらしたからといって叱ってはいけません、とひそかに教えているのであろう）。

　でで虫は虹をもってる

でで虫は虹の道をつくっていく
どこまでも続いたながい道をつくっていく
道がおわったところの
さみしい丘で
でで虫は灯台になってみたいのだ

最終行、なるほど殻を背中に首を高く突き出している姿は灯台を想わせる。光線は出ないが、触角を伸び縮みさせながら首をシャンと立てた様は、海の見張りにふさわしい。「どこまでも続いたながい道」には、労苦にみちた人生の辛い道のりが重なって見えるが、その分泌液の跡（航跡）は虹色の輝きを放つ。それは単なる太陽光の反射ではなく、デンデンムシという地上のちっぽけな生物の中にすでに大空の虹が潜んでおり、それが外に現れたものなのだ。この航跡を芸術家の厳しい営為の跡（作品）ととれば、「灯台」のイメージはボードレール Charles BAUDELAIRE（一八二一–六七）の詩「燈台」*Les Phares*（『悪の花』*Les Fleurs du Mal*, 一八五七年。阿部良雄訳）を想起させずにはおかない。ボードレールは、ダ・ヴィンチやゴヤ、ドラクロワなど八人の画家・彫刻家の世界を一節に一つずつ描いたあと、それらを総合して次のように歌う。

それは、無数の歩哨の繰り返し伝える一つの叫び、
無数のメガフォンで送りつがれる一つの命令。
それは、無数の城砦《とりで》の上に点《とも》された一つの燈台、
大きな森に踏み迷った狩人たちの呼び声！（十八）

「燈台」が象徴するものは、芸術家それぞれの作品なのか、それとも生きざまなのか、決め難いが、その制作活動・作品も含めて彼らの生涯全体を指すと考えることもできよう。最終節では、

なぜならば、主よ、それこそはまさに、自らの尊厳を
私たちが示すための、こよなき証左《あかし》なのですから、
世から世へと流れては、御身の永遠の岸辺に
たどりついて息絶える、この熱烈な咽《むせ》び泣きこそは！（十九）

と、「燈台」に象徴される芸術家たちの苦闘の航跡が、私たちも含め人類の「尊厳」の

「こよなき証左《あかし》」であると断言される。ボードレールと違い、人類の進歩を信じ、文明と社会の発展を真摯に希求したユゴー Victor Hugo（一八〇二－八五）は「詩人の使命」*Fonction du poète*（『光と影』*Les Rayons et les Ombres*, 一八四〇年）の中で、詩人を人類の頭上に光明をもたらすプロメテウス、あるいは預言者になぞらえ、

　万物を容《い》れ得る掌《てのひら》の中に、
　辱《はずか》しめられようと、頌《ほ》めたたえられようと、
　振りかざす松明《たいまつ》のごとく、
　未来を燃え輝かしめる者。[二〇]

と、高揚した口調で歌う。こうしたロマン主義的な発想が、若いまどのこの作品に、しかしつつましく顔をのぞかせているように思われる。同工異曲の作品が、『けしつぶうた』の中の「デンデンムシ・――」[二一]③である。「どこまでも　つづいた／にじの　みちの／おかに／ひとつ／しろい　とうだい」。

　別の「デンデンムシ」[二二]⑪は、全五節の、まどにしては長篇の力作である（主題の詩「にじ」と初出が同じ『まど・みちお少年詩集　まめつぶうた』、理論社、一九七三年二

月）。四・五節は次のとおりである。

教えてくれ
ミスター・フルスピード・ノロ
きみの行手が近づくだけずつ
君の後《うしろ》へのびていく
きみの道のまぶしさを

きみの勇気の光なのか
天からのくんしょうなのか

デンデンムシの航跡の輝きを、虹と結びつけてはいないが、そのように想定することも許されよう。「天からのくんしょう」という暗喩に、勲章のリボン（一三）が類推されるからである。いずれにしろ、そのまぶしい輝きは、虫自身の内部からの光であると同時に、天空からの祝福でもあろうか、とまどは問うている。この「天」が、神を指すことは言うまでもない。

次に挙げる「デンデンムシ」(二四)⑬も、現代の都市生活の核心に鋭く切り込む、スケールの大きい作品である。「東京の　まん中の／ビルの12かいの　じむしょで」、窓ガラスにデンデンムシがつけた「小さなシミ」を見ようと、一斉に仕事をやめて、

みんなが窓に　かけよりました

しーんと　なりました
目のまえに
虹が一つぶ　うかびでて
みるみる　ひろがっていくかのようでした

その虹のまぶしさで　そこがいま
ろうやのように思われだした
その　ろうやの中　いっぱいに！
そして　めいめいの胸の中にも

みるみる　みるみる　いっぱいに！

高層ビルの硬い冷たい一室で、黙々と働く（働かされている）人々と、そこまで這いあがって窓にシミをつけるデンデンムシは、地上の小さなとるにたりない生きものという点でそんなに違わない存在であろう。だが、決まった時間に決まった狭い空間に閉じこめられ、営々として日々あまり変わりばえのしない（しかもしばしば自分が望んだわけではない）仕事に縛りつけられ、輝かしい大空、宇宙の果てしない拡がりを忘れかけている人間にとっては、外の空間を自由にさまようことができ、しかもその通った跡が虹色にまぶしく光るデンデンムシの営みは衝撃であり、人々の胸の奥ふかく押しこめられていたに違いない虹を解放する契機になった、と受けとることができよう。地上をのろのろと這いまわるだけの卑小な存在が、虹の輝きをもつことで一挙に宇宙的・天上的な広大さを獲得している。またそれが、同じ卑小な存在である人間にも分け与えられるのである（「そして　めいめいの胸の中にも／みるみる　みるみる　いっぱいに！」）。

こうした天と地の結婚、小さなものと大きなものの結合は、まどの詩の宇宙を支える魅力の一つである。このとき虹が重要な役割を果たすことはすでにみたとおりである。

ここで、「にじ」の解釈のとき示唆しておいた、虹の天上性、宗教的な働きについて、やはり小さな虫との関わりを辿りながら考えてみたい。

六　虹とテントウムシ　―共感覚 synesthesia―

まず、虹は直接には出てこないが、天上的なものと地上的なものの交感がみられる「テントウムシ」（二五）に簡単にふれておこう。一・二節でテントウムシは、「こびとさん」の忘れた「みずたまの／あかい　ぼうし」に喩えられ、三・四節では次のように歌われる。

風に　とばされないように
だれにも　ふまれないように
じっと　かみさまの目が
そそがれているからかしら

こんなに　小さな
かわいい　ぼうしが　ここで

あたりいちめんに
かがやきわたっているように　みえる！

話者は、「かみさまの目」の光と、小さな生きものの輝きとのあいだにひそかな交感が行われていると類推している。このとき神は、万物に命の輝きを与える、根源の光としてとらえられている、と言えよう。

別の「てんとうむし」（二六）⑰の第二節には、比喩的にではあるが、虹が登場する。

てんとうむしに
みみ　すまそう
みみ　すまそう
きこえてくるかも　しれないよ
かすかな　かすかな
にじの　うた

テントウムシは鳴かないから、この「うた」は羽音のことかもしれない。あるいはテントウムシが羽根を震わせていないのであれば、その小さな体のなかに生命が充満し活動している微弱な音が聞こえるかもしれない、と話者は空想しているのであろう。作者はこのムシの羽根の輝きから「にじ」を、そして「うた」（生命体の、自分が生かされてあることへの讃歌）を類推したのかもしれない（もう一つ、「七星テントウムシ」から「七色のにじ」を連想したとも推測される）。ここには色（視覚）と音（聴覚）との照応あるいは共感覚がみとめられる。まど・みちおという詩人にとって、この現象は不可思議でも何でもない。すでにこの詩の第一節（二七）に、色あるいは光（視覚）と匂い（嗅覚）の融合がみられる。

てんとうむしに
かお　よせよう
かお　よせよう
ながれてくるかも　しれないよ
かすかな　かすかな
ほしの　におい

地上の小さな生命の匂いに、天の星のきらめきが宿っている――むろんこの「ほし」は、テントウムシの羽根の斑点も指すのであろう。

なお、サン・テグジュペリ Antoine de SAINT-EXUPÉRY（一九〇〇―一九四四〈?〉）の『星の王子さま』[二八] *Le Petit Prince* では、星と井戸のくるると鈴の音が、王子の笑い声と結び合わされているが、その視覚と聴覚のあいだに生じる共感覚に比べると、まどの、視覚と嗅覚のそれは特異であると思われる（ボードレールの「照応」*Correspondances* における共感覚[二九]では、五感の中でも嗅覚が中心的な役割りを果たしていることが思い出される)。

七　虹とスイミツトウ　――カナンの地――

虫をモティーフとしないが、「スイミツトウ」[三〇]⑫には、音と香りと色彩の共感覚が見出される。

せせらぎが　きこえそうな　におい！

この「せせらぎ」は果肉にぎっしりつまる果汁であり、その素《もと》になった樹液でもあり、根が汲みあげた地下水でもある。

この詩を読むと、対象はもう一個の桃などではなくて、太陽に祝福され、ひかりと熱と風と水が、たっぷりの甘い果汁と香り、さらに「うぶげ」におおわれた果皮の微妙な色彩・光沢と手触りに変わり、それらすべてが丸く凝集したあらゆる果実に他ならない、という気がしてくる。この小さな球、母乳のように他の生命を養いもするこの生命の球に、広大な空間を行き交う「やまびこ」の音響が溶け入る。このまろやかな果実はまた、色と形、うぶ毛の類推によって、同時に母の乳房、赤ん坊の頬、半円状の虹(三二)でもある。こんなに短い作品の中に、色彩と音響と香り、それに甘美な味覚、と触覚（「ほっぺを　くっつけて　のむ…」）までも一つに統合した、ぜいたくな感覚の交響楽が隠されているのである。そうした諸感覚の照応・調和《ハーモニー》を最後に包みこみ、統合するのが虹である、といえよう。まるごと引用しない訳にはいかない。(三三)

ほんとうは
やまびこの　おかあさんの　むねに

そっと　かくしておいたほうが　いい
おっぱいなのよ

あさぎりの　なかで
やまびこの　あかちゃんだけが
ほっぺを　くっつけて　のむ…

せせらぎが　きこえそうな　においー

にじの　うぶげに
つつまれて…

ここには主題の詩「にじ」の「ママ」(「おかあさん」)、「おっぱい」、「あかちゃん」、「にじ」がすべて登場することに注目しておきたい。「ママ」と「おかあさん」の働きの違いについては、後でふれる。「おっぱい」は、「にじ」では母乳、「スイミツトウ」では乳房を指すととれるが、授乳という行為において、この二つのイメージは一つに結び合わされる、と考えられよう。

(なお「やまびこ」は、までの世界を形成する極めて大切な要素の一つ(「どうしていつも」(三三)で、虹と結びつけられることもあるので、少し後で詳しくふれることにする。)ここで「スイミツトウ」について、さらに詳細に分析し、いくつかの推察を試みたい。

みずみずしい水蜜桃を前にしたとき、あるいは実際に眼にしなくともその姿を想像するとき(さらに言えば「スイミツトウ」という音そのもののしたたるような潤い、さわやかさとふくよかさによって)喚起される、よだれの出そうな味覚と舌触りへの期待が、これほど清冽に歌われたことはない。

しかし、この詩はそうした甘美な感覚の描出に止まらない。

まず気づくのは、一個の果実が、広い想像空間を背景に、きわめて大きなスケールでうたわれていること——「やまびこの　おかあさんの」「おっぱい」という暗喩。「やまびこの　おかあさん」(「雨のお母さん」を思い出そう)とは、山彦そのものであると同時に、山彦の子供を産み出す根源的で神秘な力の具象化である。ひんやりとした朝霧のたちこめる田園で展開される「やまびこの　あかちゃん」への授乳という牧歌的な光景。たちのぼる「におい」にまじる、「せせらぎ」の清澄なひびき(とはいっても実際に小川が流れているのではない。これは想像力の産物なのだ）。ここで、果汁は母乳と同一視されている。授乳とは、母体の血が乳となって赤ん坊の体内に流れこみ、その肉体と同化することである。とすれば、「におい」のなかに「きこえそうな」「せせらぎ」の響きとは、赤ん坊の口に母乳（＝果汁）が注ぐ音であり、同時に、母の体内をめぐる血流の音であるかもしれない。最後に、そうしたすべてを祝福するかのような「にじ」のイメージが、「うぶげ」と暗喩的に結びついてあらわれる。この「にじ」は実際にかかったものではないと思われるが、朝霧に夜明けの太陽が射し初めて、「やまびこのあかちゃん」の「ほっぺ」（＝水蜜桃＝「やまびこの　おかあさん」の乳房）の「うぶげ」が虹色の光沢を放っているのであろう。こうして、作品の最初に出てくる「やまびこ」が、その最後に「にじ」と一体化して、音響の色彩化、または色彩の音響化が完了するのである。小さな果実から想像によって生み出された広大な空間が、天上的な至福とやすらぎにみたされていると感じられるのは、このためであろう。

次に指摘したいのは、この風景にはどこか私たちをノスタルジックな思いに誘うようなところがある——そのことである。

一つには、朝霧のなかで、虹色の光につつまれながら行われる山彦の母子の授乳の光景が、私たちをそれぞれの誕生のときばかりか、それ以前の子宮時代の記憶へと連れもどすように感じられるからであろう。もう一つは、この薄明の風景が、同時に、一人の人間のみならず、人類の原初の頃（たぶん黄金時代）を暗示するように思われるからである（「やまびこ」は、遠い記憶の反響でもあろう）。

さて、この詩には「乳」そのものは出てこないが、「おっぱい」（乳房の意）と、「やまびこのあかちゃん」（実在せず、眼には見えない、想像上の存在）の授乳のイメージから「乳」を想い描くのはごく自然なことである。また、「スイミツトウ」には「蜜」の語が含まれていることも忘れてはならない。ところで、「乳」と「蜜」は古くから、豊富な象徴的な意味を担わされてきた。乳は古代のエジプトでもインドでも神々に属する飲物とみなされ、原始キリスト教の時代には、「永遠の生命の飲物」としての乳を、イエスが小さな器から羊たちに与える光景が描かれる。蜂蜜も古来、天からの聖なる贈りもので、治癒や魔除けの力があると信じられていた。黄金色の蜂蜜と神秘的な蜂蜜酒は、乳と同じように神々の不老不死の食物とみなされていた。こうした例はギリシアやインドの神話に見出される。古代ローマの伝承では、蜂蜜は「天もしくは宇宙樹からしたたり落ちる露」とみなされる。つまり一種のマナ manna、「生命の、しばしば永遠の生命の糧としての超自然的飲物」に他ならない。古代ギリシアにおける四つの献酒は、水・乳・蜜・油であった(三五)。

このように「乳」と「蜂蜜」は、洋の東西を問わず、一つに結びつけて讃えられることが多かったようである。『雅歌』では、「天の花嫁」について次のように歌われる。

わが花嫁よ、あなたのくちびるは甘露をしたたらせ、
あなたの舌の下には、蜜と乳とがある。
（第四章・一一）

わが妹、わが花嫁よ、
わたしはわが園にはいって、わが没薬と香料とを集め、
わが蜜蜂の巣と、蜜とを食べ、
わがぶどう酒と乳とを飲む。
（第五章・一）

周知のように、「出エジプト記」第三章八節には、主がモーセに言われる言葉のなかに、「良い広い土地、乳と蜜の流れる地、すなわちカナンびと、ヘテびと、アモリびと、ペリジびと、ヒビびと、エブスびとのおる所」が約束の地、つまり生命の糧となる飲物や食物の潤沢な土地としてあらわれる。さらに、

原始キリスト教の時代には、復活祭前夜のミサで、新洗礼者の初聖体拝領のあと彼らに乳と蜂蜜を混ぜた飲物を飲ませたが、これは、彼らが神の子となったしるしであり、また「乳と蜜の流れる国」の約束が成就されたことのしるしであった。(三六)

「スイミツトウ」の詩が書かれたとき、この約束の土地のイメージが作者の意識の中にあったかどうかは分からない。だが私たちには、この詩の想像空間に、カナンの土地に似た楽園的な風景を見出すことができるように思われる。

こう考えてくると、この詩の最初の言葉「ほんとうは」と、第二節の「あかちゃんだけが」の「だけ」という限定の意味がより鮮明になるのではなかろうか。私たち人間がたやすく手に取り、味わうことのできる水蜜桃の乳(=果汁)は、もともと人間、特に大人にはもったいないような食物、「とうといお方」(=天の神さま。「泉」〔註四三〕)からの贈りもの、従って無垢な赤ん坊(それも山彦の赤ん坊)のみがそれを飲むことを許される——と解釈できるのではないか。

ところで、詩「虹」(三七)には、「やまびこ」が清浄な天上的存在、おそらく神の使いとして、同時に、空を汚す人間に警告を与える声の反響として登場する。

やまびこが　よばれて
帰っていきました
こちらがわから
あちらがわへ
はるばると　わたって

きれいな空を
これ以上
よごさないようにと
よびにきた声が　通ったあとを
そのままに　なぞって

その　やさしさが
ほんの　しばらくのあいだ
のこっています
ひろい空に

あんなに　ひっそりと

「ひろい空に」「ひっそりと」残る「やさしさ」とは虹を指していよう。その橋を通ってきた声の存在を作者は想像する。この声はおそらく、虹をかけた神さまの声なのだ。こう考えてくると、虹＝（神の）声、であろう。「よびにきた声が　通ったあと」そのものが虹に他ならない。従って、「その　やさしさ」とは虹であると同時に、「よびにきた声」、「さらに「よばれて／帰ってい」く「やまびこ」でもあると考えられる。つまり、虹＝（神の）声＝（その反響に他ならない）やまびこ、という等式が成立するであろう。なぜ「やさしさ」なのか？　公害の張本人である人間を、声高に非難するかわりに、虹は、そのあえかで高雅な姿をあらわすことで、無言の抗議をしているからだ。別の作品「虹（三八）」は、このことをはっきりと示している。少し長くなるが、全行引用する。

ほんとうは
こんな　汚れた空に
出て下さるはずなど　ないのだった
もしも　ここに

汚した　ちょうほんにんの
人間だけしか住んでいないのだったら

でも　ここには
何も知らない　ほかの生き物たちが
なんちょう　なんおく　暮している
どうして　こんなに汚れたのだろうと
いぶかしげに
自分たちの空を　見あげながら

その　あどけない目を
ほんの少しでも　くもらせたくないために
ただ　それだけのために
虹は　出て下さっているのだ
あんなにひっそりと　きょうも

人間存在のどうしようもない身勝手さ、救いようのない愚かさへの生な怒りの声が聞こえてくる作品である。この詩の場合、前の「虹」と同じ主題を扱いながら根本的に違うのは、虹が、人間への抗議のためではなく、ひたすら人間以外の罪なき無数の生き物たちのために「出て下さっている」という発想である。それが却って、私たち読者への訴えかけをより痛烈なものにしていることは確かである。

八 音楽

「スイミツトウ」と、共感覚の発想の点で似通う作品に「おんがく」(三九)がある。

かみさまだったら
みえるのかしら
みみを　ふさいで
おんがくを　ながめていたい

目もつぶって　花のかおりへのように
おんがくに　かお　よせていたい

口にふくんで　まっていたい
シャーベットのように広がってくるのを

そして　ほほずりしていたい
そのむねに　だかれて

実際まどには、音楽を色や形のように見たいという願いがある。またその逆のこともある。この詩では、音楽（聴覚）はまず視覚と結びつけられ（「ながめていたい」）、次に香り（「花のかおり」）と同一視される。さらに味覚（冷たい・熱いの舌の感覚も含め）を経て、触覚（「ほほずり」）へとつながっていく。最後の節で、音楽が母のような存在として慕われていることが分かる（ここで、「雨のお母さん」、「やまびこの　おかあさん」を思い出してもよいだろう）。

先に、まどの詩世界における小さなものと大きなものとの結婚について述べたが、詩人はそこにも音を聴くことがある。詩「アリ」(四〇)では、微小なアリに「巨人　ぼくが」、「右手　おやゆびの先を／〇・〇〇〇〇一ミリ」「かみ切られた」とき、

〔……〕
ぼくは　とおくの方から
聞きほれていた

その小さな　英雄の生命《いのち》と
ぼくの生命と
生命どうしが
天の下で
すみとおる音叉《おんさ》のように
共鳴しているのを

まどの宇宙では、「天」には神さまがおられることを忘れてはならない。その神さま

が見守る宇宙の中の生きとし生けるものはすべて、大小を問わず、お互いに共鳴し合いながら存在している——「すみとおる音叉《おんさ》のように」。従って、までにとっての宇宙、しかも生命がみなぎる宇宙とは、一つの音楽に他ならない、と言えよう。

九 虹の音楽

音と色彩のあいだに起こる共感覚が、天上の宗教的な拡がりと深さを与えられた作品が、主題作とは別の「にじ」(四一)である。これも秀作である。

いろが
みんなで
おんがく　してる

ああ　きれい

てんの
こころの
うた　みたい

私たちはもう、虹がいきなり音楽としてとらえられていても驚かないだろう――それが、「てんの／こころの／うた」のようだ、と表現されても。「てんのこころ」とは、神さまの心を指すことはいうまでもない。従って、虹は神さまの「うた」であり、神さまの地上への贈り物である。それゆえ、虹は「出て下さっている」(四二)〔註三八〕のである。

共感覚は、五感という、人間による地上的な「分類」の枠を取りはずすことであり、人間の感覚を小さく分割するのではなく、一つの丸ごとの存在として認め直すことなのだ。実際、私たちは一つの対象を知覚するのに、大抵どれか一つの感覚ではなく、全感覚を総動員しているのではなかろうか。このことはまた、人間存在を一個の、統一ある全体としてとらえ直す契機にもなると考えられる。そのときはじめて、天上と地上の区分も取り払われ、私たちは「てんのこころのうた」を聞くことができるのではないか。までにとって虹は、天上の音楽を奏でている色彩の天使たちであり、その音楽そのものでもあるのだ。

天に神さまがいらっしゃる、とまどが感じていることを示す例は沢山あるが、ここにいくつか挙げておこう。

天のうえの
あのとうといお方が
渇《かわ》いていらっしゃるのでしょうか（四三）

見えない手が
にじの　玉にして　ささげます
ふきこむ　いきを
うやうやしく
高みに　いらっしゃる　おかたへ…（四四）

「見えない手」とは、宇宙と万物の存在と運動を司る、隠れた法則のようなものを指すのであろう。しかし、誰が何に「いき」を「ふきこむ」のであろうか？　まどの作品にしては、珍しく分かりにくい。「ふきこむ」のは人間か、神のどちらかであろう。後者だとすれば、人間は、神が自分に吹きこんだ（inspirer《アンスピレ》した）息（生命力、あるいは魂・霊力）を「にじの玉にして」、言いかえれば《澄明な結晶》（四五）または《清らかで美しい生涯》にして神にお返しする、という解釈が成り立つ。このときその人間が詩人（あるいは芸術家）であれば、「にじの玉」は彼の作品ということになる。前者だとすれば、人間が自分の人生そのものや創作の素材に息を吹きこむ（生命あるいは精神を注ぎこむ）と、「見えない手」がそれに仕上げをして神に捧げる――この場合もやはり、「にじの玉」は人生や芸術の完成作を指すことになる。これは、同じく虹に喩えられたデンデンムシやナメクジの軌跡と、象徴するものが似通っているといえよう。

この二つの例と少し異なり、「天」が神さまと同一視されて用いられることがある。

もしかして　私がここに来たために
逃げ帰られたのではないかしらと
あの　そしらぬ顔の
天は…

今が今まで頬ずりしていらっしゃった

この花から
一気に　あの
高みにある太古のお屋敷へ

そのへんにまだ残る　高貴なかおりも
今あとを追って
しずしずと
昇っていきつつあるのかしらと…（四六）

しかし「天」は多くの場合、神のすまわれる場所、すなわち大空の高みを指しているようである。まどの詩の世界では、空も含めての宇宙全体が神に属し、神に見守られていることはすでに述べた。そのことをもう一度、確かめておこう。

それは　ほんとうは
こんな　きたならしい
くさりかけた　コケのうえではなくて

かみさまの
はてしなく　まぶしい
宇宙の　きょうの日記のうえを
すべっている　ところだからなのか！(四七)

でも　いい
この　大宇宙の
はるかな　ぼくの力のみなもとに
いらっしゃる　お方にだけは
ありありと見えているのだ！(四八)

十　聖母子図　——授乳の聖母 Maria Lactans——

色々まわり道をしたが、もう一度、主題の詩「にじ」にもどろう。この作品に表れる虹も一面で天上的なものであることは、初めに指摘したとおりである。一面で、と断わったのは、虹は地上的なものと完全に隔絶した、人間の手が全く届かないようなものでは決してないからである。事実、虹はその大きな弧の頂点は天空の高みにふれるが、同時にその両端は地上をかすめている。また、すでに漠然と示唆しておいたのであるが、私たちはこの詩に「聖母子図」が隠されていると考える。これは、あるいは作者の意図にはなかったことかもしれない。また、作者が何らかの聖母子をモティーフとした絵や彫刻から発想を得てこの詩を書いた、と主張するつもりもない。しかし彼が意識していたといないにかかわらず、私たちはこの詩の世界と西洋の宗教画の伝統とのあいだにつよい類縁性を感じとるのである。

ここで、細部にわたるが気になる表現について考えたい。それは「ママ」という呼びかけである。作者はなぜ話者に「(お)かあさん」、あるいは「かあちゃん」と呼ばせなかったのであろうか。この作品の初出は一九七三年二月であるが、その当時「ママ」という語を用いることは都会的であったのかどうか。話者は都会の子であり、田舎の自然の中で、今まで見たよりはるかに大きく、きれいに澄んだ虹に出会い、それだけ一層つよく胸をうたれたのだろうか。そうであるかもしれないが、断定できない。一方でこの語は、日本語の中にますます広く定着したかにみえる現在においても、「おかあさん」「かあさん」「かあちゃん」に比べるとやはり、西洋の匂いをひきずっていると言えよう

――「パパ」が「ローマ教皇」に対してそうであるほどには、「ママ」は「マドンナ」を想起させないかもしれないが。にもかかわらず私たちには、作者がこの語を選んだ意識の底に、聖母子像の伝統が影を落としているように思われてならない。

作品「にじ」における幼い話者は赤ん坊の兄弟であろうが、聖母子図の慣用に則って子供時代の洗礼者ヨハネとみなすこともできよう。そればかりでなく、この詩のモティーフが「授乳する母親」であることも、「授乳の聖母」の系譜を思い出させ、極めて示唆的である（くり返しになるが、詩人は「授乳の聖母」の絵を見てこの「にじ」を書いたなどと主張するのではない）。

私はこれまで、画集や展覧会、さらにヨーロッパや北米の美術館や教会で、聖母子、もしくは聖家族をモティーフとする絵画や彫刻を数多く見てきたが、聖母マリアが授乳しているかどうかにはほとんど注意を払わなかった。しかし、「にじ」の詩をきっかけにいくつかの画集をひろげ、あらためてこのモティーフの作品を辿りなおすことになった。「授乳の聖母」の絵は、イタリア・ルネサンスの画家達にもあるが、北方ルネサンスの画家達が特に好んで描いたようである。

「乳」の象徴については「スイミツトウ」の分析のとき略述した（七章）が、「授乳する聖母マリア」Maria Lactans のモティーフの起源は「ルカによる福音書」第十一章二七節に求められるようである。

イエスがこう(=悪霊について)話しておられるとき、群衆の中からひとりの女が声を張りあげて言った、「あなたを宿した胎、あなたが吸われた乳房は、なんとめぐまれていることでしょう」。

では、誰がいつ頃、この伝統の口火を切ったのであろうか。たとえばレオナルドが、「聖母子図」に聖ヨセフを初めて登場させ、「聖家族図」の創始者とみなされているようには、その起源ははっきりしていない。とはいえ、幸いなことに今年八月に出た『死者のいる中世』で、小池寿子はこの問題に一章を当てている(「乳と血　フィレンツェ」)。これによれば、「授乳の聖母」は「二世紀にはローマのプリシルラのカタコンベに描かれて」おり、著者はそれを実際に眼にしている。

縦横に張りめぐらされた通路に並ぶ無数の墓所。その一隅に、裸の嬰児を抱く女の坐像がある。消えかけてはいるものの、女は胸をあらわにし、嬰児はその乳房に手を当て頬を寄せている。ふくよかな母と無邪気な子の姿である。土中の墓所で、子

> イエスを養う聖母である。私は、湿気を含んだ死臭に混じって、ほのかに甘酸っぱい乳の臭いを嗅いでいた。[四九]

また、その起源について次のように書いている。

> 息子ホルスを膝に抱き乳を与えるイシス像は、死後の魂をも養う限りない愛に満ちた姿にみためら《ママ》れ、墓のお守りとして副葬された。紀元後三世紀に及ぶイシス女神とホルス信仰をキリスト教はめざとく拾い上げ、聖母子の授乳像をつくり上げたという。[五〇]

また、次の章「死の夢想　パレルモ」には、バルトロメオ・ペレラーノ・ダ・カモーリ作（?）の「授乳の聖母」（一三四六年頃。パレルモ、シチリア地方美術館）の細かい描写がある。少し長くなるが、引用しておきたい。

> 地中海の色に染まったような青いマントにすっぽりと身を包んだ柔和な聖母が、幼な子イエスに乳首を含ませている。アラブ風の装飾が施されたアーチの内に坐す聖

母子は、内庭の小園で憩うこの世の親子にもみえる。しかしその肌は、日照りを知らない病的とも思えるほどの蒼白である。幼な子を抱く細長い手は、日々の仕事とは無縁の弱々しさをもっている。慈愛に満ちた聖母は、あくまでも過酷な現実からは遠い存在なのか。荒れた土地に生きる人々にとっては、死後にのみ出会うことのできる天上の憧れなのだろうか。(五一)

次に、十五世紀の授乳の聖母子図としては、作者不詳の木版画を挙げたい。「聖家族の憩い」（十五世紀初頭。ウィーン、アルベルティーナ・コレクション）がそれで、前川誠郎は、「衣文線は、これが南ドイツで作られたことを思わせる」(五二)と推定している。マリアの乳首を口にふくんだイエスは、左手の指先を自分の顎に当て、両眼をうっとりと半ば閉じているように見える。右の乳房を支えるマリアの左手の指が、常套の人差指と中指ではなく、親指と人差指である。素朴なあたたかさと安らぎに満ちた聖家族図であるが、ヨセフが登場する授乳図は珍しいのではなかろうか。

さて、先程ふれたルカは、後に画家の守護聖人となるが、ロヒール・ヴァン・デル・ヴァイデン Rogier van der Weyden（一四〇〇〔?〕－六四）に「聖母を描く聖ルカ」（一四三五年頃。ボストン美術館）があり、画面左手の椅子《ベンチ》にかけた聖母が、右膝に抱いたイエスに乳首を含ませようと右乳房の真中あたりを左手の人差指と中指でつまんでいる。イエスは乳房に頬をつけ、うっとりと聖母を見上げている。ヴァイデンには、この聖母子に似た授乳の「聖母子[五三]」（一四六〇年頃。トゥルネー美術館）もある。なお、「聖母を描く聖ルカ」（ヴァイデン作）が一五七四年のエスコリアルの目録中にあり、エル・グレコ El Greco（一五四一－一六一四）はこの絵を見たかもしれない。なぜなら彼の「聖家族と聖アンナ」（一五九五年頃。ハンガリー国立美術館）と題された授乳図に、つよい類似が窺われるからである。聖母子の描き方で大きく違うのは、グレコのイエスは乳首を口にくわえていること、右手を、乳房を押えているマリアの指の上に重ねていること、イエスの眼がおそらくマリアの乳房の上部か、画面右手からのぞきこむ聖ヨセフの眼を見ていることである。

ところで私たちの主題の「にじ」における授乳の舞台は、野外である。この観点から見れば、ヴァイデンの聖母子は室内にいるのに対して、グレコのそれは屋外におり、背景の大空では雷雲がうねるような激しい動きを見せている。雲の切れ目の深い青空に、マリアの気品と憂いにみちた顔が浮きあがっている。

雷雲の下での授乳と言えば、ジョルジョーネ Giorgione（一四七八〔?〕－一五一〇）の「嵐」（一五〇五－七年頃。アカデミア美術館）に言及しないわけにはいかない。主題については様々な説のある、謎の作品であるが、右手の岩を覆う緑の芝草に敷いた白衣の上に半裸の女性が坐り、まんまるく肥えた赤ん坊に乳首をふくませている。半裸といっても、肩にマント状の白布をかけているだけで、豊満な下半身はむき出しである。乳房も丸く張りつめているが、特に腹部が次の子を孕んだみたいに脹らんでいる。赤ん坊は女性の膝にではなく立てた右足の向う（外）側に坐り、聖母子図の常套に反して左、つまり反対側の乳房を吸う窮屈そうなポーズが少し不自然な感じを与える。この女性は、エヴァ、イオ、バッコス（＝ディオニュソス）の母セメレ、豊饒と多産の女神ウェヌスなどに解釈されてきた。粗雑な推論であるが、私は、描かれている通りを素朴に受けとめ、授乳している上半身を聖母マリア、むき出しの豊かな下半身を女神ウェヌスととりたい（肩が白衣でおおわれている一方で、両足は大地の緑に接していることに注目したい。聖母はしばしば白いヴェールを頭から肩に垂らしている）。ジョルジョーネは、聖母とウェヌス（さらにはイシス）が同化した歴史を遡っていき、この二つのモティーフが結びついた起源の姿を、生々しく示そうとしたのではなかろうか。若桑みどりはこの女性を「産む者」すなわち「大地母神《グラン・マードレ》」の一人とみなし、「女性は、「産む力」すなわち、大地の豊饒の生殖のシンボルである。彼女は裸で大地にすわり、生まれたばかりの子を抱いている」[五四]と述べているが、その肩を被い、腰の下に敷かれた白布は何を意味するのだろうか。この腰と緑草のあいだに介在する白布は、地上的存在としての裸婦〔ウェヌス〕の天上的な存在〔聖母マリア〕への移行を示すしるしではあるまいか。嵐の空に走る稲妻は、同じように、天と地をつなぐ中間的な要素であることも忘れてはならない。

ボッティチェリ Sandro BOTTICELLI（一四四四〔四五〕－一五一〇）の名作「春」（一四七八年頃。ウフィッツィ美術館）の中央に立つ女神は、ヴィーナスであると同時に大地女神（イシス）[五五]であり、また聖母でもある、[五六]と若桑は考える。イシス神の聖母マリアへの同化は、小池の記述（引用五〇）にみたとおりである。

もう少し「授乳の聖母子」の系譜を辿ってみよう。ボッティチェリの「聖母子と八人の天使」（一四八一－八三年頃。ベルリン国立絵画館）の幼な子イエスはマリアの膝に抱かれ、その赤い衣の胸の合わせ目にのぞく乳首を、左手の人差指と親指、さらに右の親指とではさんでいる。「二人の聖ヨハネの間の聖母子（バルディの聖母）」（一四八五年。同絵画館）は、生垣に囲まれた庭（「閉ざされた庭」＝処女性の象徴）の石造の台座に腰かけたマリアが、膝上のイエスに乳を与えようとしている。右手の人差指と中指で、緋の衣からのぞく左乳首をはさんでいるが、乳房は見えない。光輪に囲まれたマリアの頭部と上半身を包みこむように、背後の生垣の植物が肌理こまかく卵形の壁龕に編まれている。その向うには、淡い灰青色の空が少しのぞまれる。

ボッティチェリの聖母子を描いた作品には、他に特異な構成の授乳図がある。「聖母子と三天使（天蓋の聖母）（一四九〇－九五年頃。ミラノ、アンブロジアーナ美術館）のマリアは、天使に支えられながら歩み寄る幼な子の前に跪き、乳を与えようとしている。マリアは取り出した右の乳房に左手を添えているが、何とその乳首から母乳がほそい放物線を描いてほとばしり出ている。私は原画を見ておらず、絵具の剥落もあって断定できないが、乳は、イエスに向かって伸ばされたマリアの右手の甲のあたりにふりかかっているように見える。イエスは自らの幼い裸身にまつわる白いヴェールの一端は右手、他端は左手につかみ、その左手をマリアのやわらかく開いた右の掌の方へ懸命に差しのべている。ヴェールをマリアに渡したいのか、あるいはそのヴェールで乳を受けとめようとしているのか――一杯に見開いた眼は、マリアの掌もしくはふり注ぐ乳を一心に見上げている。イエスのよちよち歩きを背後から前かがみになって支えている天使は、やはり大きく眼を見開き、口をぽかんとあけて驚いたように乳の線を見つめている。あわてふためいたような表情は、あふれ出る乳をこぼさずに早くイエスに呑ませようとする焦りから来ているのかもしれない。

この聖母の乳房からほとばしる乳については、興味ふかい例が報告されている。

マリアの胸から一条の線が聖人の口に注いでいる画も存在するが——たとえば「汝が母なることを示したまえ」と祈るクレルヴォーの聖ベルナルドゥスの授乳の図——、これは特別の祝福を意味する。(五七)

ここに挙げられた授乳図の作者、制作年代、収蔵場所が示されていないのは残念であるが、いつかそれに出会いたいと思う。

＊＊＊

室内や屋外（庭や田園）の聖母子もしくは聖家族像（彫刻は除き絵画のみ）をいくつか駆け足で見てきたが、大空の下での「授乳の聖母」図はあまり多くないようである。私は実は、聖母子あるいは聖家族の情景に虹が描きこまれた絵はないか、ひそかに探していたのだが、一枚だけみつけることができた。残念なことに授乳の情景ではなかったが……。ラファエロ Raffaello Sanzio（一四八三―一五二〇）の「フォリーニョの聖母」（一五一一―一二年、ヴァティカーノ宮絵画館）がそれである。画面中央の遠くに塔のある小さな石の街（フォリーニョ）とそれを取り巻く樹々や青い山があり、その街を取り囲むように黄色の勝った小さな虹が描かれている。マリアはその上方の中空高く、雲の玉座に腰かけている。イエスは、マリアの左腿の上で、マリアに背を向け半ばすべり落ちた窮屈な姿勢で眼をつむっている。たぶん眠っているのだろう。二人の背後には大きな黄金の太陽が輝き、その周囲をびっしり青白い雲の形の嬰児の天使が埋ずめている。左手には尖端が十字架状の長い杖をもった洗礼者ヨハネが立ち、右手人差し指で上空の聖母子を差している。ヨハネの前に跪き、聖母子を仰ぎ見ている聖フランチェスコも、左手に細長い十字架を捧げ持ち、右手の人差指で地上を差している（イエスがやがて地上を支配するというしるし）。右手には禿頭で鬱蒼とした顎鬚の聖ヒエロニムスが大きく右手をひろげ、聖母子を見上げている。その手前、跪き合掌して聖母子を仰ぐこの絵の寄進者シジスモンド・ディ・コンティの後頭部を、聖ヒエロニムスの左手が押えている。シジスモンドに上を向かせるためだろうか（遠方の家は寄進者の邸宅らしい）。虹の下方に翼のある子供の天使が全裸で立ち、両手に持った一枚の鏡を上に向けながら聖母子を見上げている。中景は黄土色《オークル》の麦か牧草の畑で、その中に小さな数人の人影と羊とおぼしき白い小さな球がいくつかみえる。右から二人目の人影は馬らしき動物に乗り、右端の人はそのくつわを取り引っ張っているらしく、右に体を傾けている。真中の二人は、右が女性で左が男性だろう、向き合って立ち話をしている。この日常ありふれた田園風景は、宙空に坐す聖母子の神秘性を強めているのだろうか、逆に弱めているのだろうか。それは、見方により異なってくるだろうが、そこの風景だけ、太陽と虹のおかげか明るんでいて、やわらかく浮かびあがるように感じられる。地上の被造物の平和な営みが、天の祝福を受けているかのようだ。

ラファエロとほぼ同時代に活躍したグリューネヴァルトMathias GRÜNEWALD（一四七五〔八〇〕―一五二八）の「幼子とともにいるマリア（シュトゥパッハの聖母）」には、虹が描かれているようだが、私はまだこれを見る機会に恵まれていない。

***

この章の終りに、授乳の聖母子図をいくつか挙げておきたい。

ファン・アイク Jan van EYCK（一三九〇〔?〕―一四四一）「ルカの聖母」、一四三六年頃。フランクフルト、シュテーデル美術研究所。

カンピン（フレマールの画家）Robert CAMPIN（一三七八〔七九〕―一四四四）「聖母子」、フランクフルト、市立美術館。「暖炉衝立の前の聖母子」、一四二五―二八年頃。ロンドン、ナショナル・ギャラリー。
バウツ Dieric Bouts（一四四八〔?〕－七五）「聖母子」、ロンドン、同ギャラリー。聖バルテルミー教会（ミュンヘン）の祭壇画家（十五世紀末－十六世紀初頭に活動）「聖母子と天使たち」、ロンドン、同ギャラリー。
ヒューホー・ヴァン・デル・フース Hugo van der Goes（一四三五〔?〕－八二）「聖母子像」、一四七〇年頃。フィラデルフィア州立美術館。
フーケ Jean Fouquet（一四二五〔?〕－八〇〔?〕）「聖母子（ムランの祭壇画）」、一四五〇年頃。アントワープ、王立美術館。
ダ・ヴィンチ Leonardo da Vinci（一四五二－一五一九）「リッタの聖母」、一四九〇年。レニングラード、エルミタージュ美術館。
ロマニーノ Girolamo Romanino（一四八四〔八七〕－一五六二）「聖母子」、一五三〇年頃。ブダペスト、ハンガリー国立美術館。
コレッジョ II Correggio（一四八九〔?〕－一五三四）「天使のいる聖母子」、ブダペスト、同美術館。
ルーベンス Peter Rubens（一五七七－一六四〇）「花環の聖母子」、一六二一年。パリ、ルーブル美術館。「林檎の木の下の聖家族」、一六三〇－三二年。ウィーン、美術史博物館。

ドニ Maurice Denis（一八七〇－一九四三）「母の喜び」、一八九五年。ブダペスト、ハンガリー国立美術館。

これらはどれも現在、画集や美術館のカタログなどでも見ることができる。

ラファエロは三十七年の生涯におよそ五十枚の聖母子像を描き、うち四十枚ほどが現存するといわれている。私は、美術館や画集で彼の授乳図には出会えなかったが、今後ずっとそれを尋ねるつもりである。ただ、「カウパーの大聖母」あるいは「ニッコリーニの聖母」と呼ばれる「聖母子」（一五〇八年。ワシントン、ナショナル・ギャラリー）の場合、マリアの膝上の厚いクッションに坐る幼な子イエスは、彼女の襟元を左手でつかんでいる。その親指を除く四本の指は、マリアの赤い衣の胸元（左乳房の上方）にほとんど隠れている。この仕種は授乳の始まりか、終りを暗示しているのであろう。私の眼には、イエスの愛くるしい笑みを浮かべた口もとが心なしか濡れているように見えるので、後者ではないかと思われる。

おわりに

虹は、キリスト教以前の古い時代から諸民族の間で、神々と人間を結ぶ架け橋とみなされていたようである。(五八)ギリシア神話のイリスは天と地を結ぶ虹の女神で、神々の使者である。ノアは大洪水の収まったあと、供儀を執りおこない、神から祝福される。このとき神は天上と地上との契約のしるしとして、雲の中に虹を立たせる。

さらに神は言われた、「これはわたしと、あなたがた及びあなたがたと共にいるすべての生き物との間に代々かぎりなく、わたしが立てる契約のしるしである。すなわち、わたしは雲の中に、にじを置く。これがわたしと地との間の契約のしるしとなる。わたしが雲を地上に起すとき、にじは雲の中に現れる。こうして、わたしは、わたしとあなたがた、及びすべて肉なるあらゆる生き物との間に立てた契約を思いおこすゆえ、水はふたたび、すべて肉なる者を滅ぼす洪水とはならない。にじが雲の中に現れるとき、わたしはこれを見て、神が地上にあるすべて肉なるあらゆる生き物との間に立てた永遠の契約を思いおこすであろう。」

（「創世記」第九章・一二―一六）

キリスト教ではまた、虹は神の栄光の象徴でもある。

そのまわりにある輝きのさまは、雨の日に雲に起るにじのようであった。
主の栄光の形のさまは、このようであった。

（「エゼキエル書」第一章・二八）

虹はしたがって、主なる神の玉座の一部をなすこともある。

その座にいますかたは、碧玉や赤めのうのように見え、また、御座《みざ》のまわりには、
緑玉のように見えるにじが現れていた。

（「ヨハネの黙示録」第四章・三）

別の箇所では、天使に虹が結びつけられる。

わたしは、もうひとりの強い御使《みつかい》が、雲に包まれて、天から降りて来るのを見

た。その頭に、にじをいただき、その顔は太陽のようで、その足は火の柱のようであった。

（「ヨハネの黙示録」第一〇章・一）

「黙示録」の諸場面はしばしば絵画や木版画の素材となったが、中世の「最後の審判」の図には、虹の上に坐るキリストを描いたものがある。(五九) ヴァイデンの「最後の審判」（大多翼祭壇画、一四四二―五一年。ボーヌ施療院）の中央パネルには、緋色の衣をまとったイエスが、巨大な虹の半円に腰かけている。

デューラー Albrecht Dürer（一四七一―一五二八）には『ヨハネの黙示録』の木版画連作（十五枚ひと組）がある。その一枚「七つの燭台」（第一章・一二―一六）には二つの虹が描かれており、神が上方の虹に腰を下ろし、下方の虹に足を乗せている。彼の祭壇画「聖三位一体の礼拝」（一五一一年。ウィーン、美術史博物館）では、中央上部の空高く、磔刑のイエスの十字架を黄金の冠の神が背後から支え持ち、その緑色の裏地の衣で左右の天使たちがイエスを包みこもうとしている。この神も、二つの虹に坐している。

このように虹（または虹とおぼしき円光）に坐すイエス、あるいは神を描いた絵は数多いと思われるが、ここにいくつか挙げておこう。

ロッホナー Stephan Lochner（一四一〇〔一五〕―五一）「最後の審判」、一四三五年頃。ケルン、ヴァルラフ・リヒャルツ美術館。
メムリンク Hans Memling（一四四〇〔?〕―九四）「最後の審判」、一四七三年。ダンツィッヒ、ポモルスキー美術館。この祭壇画の構図は、ヴァイデンの「ボーヌ施療院の祭壇画」（前出）に拠っている。「パトモス島の福音書記者ヨハネ」、一四七九年。ブリュッヘ、聖ヨハネ病院付属美術館。この三連祭壇画の右翼部の左上方に描かれた色あざやかな二つの大円光と、その右手の小さな円光は、おそらく虹であろう。
ボス Hieronymus Bosch（一四五一〔?〕―一五一五）「最後の審判」、一五一〇年以後。ウィーン、美術アカデミー。

＊＊＊

カッパドキアの三教父の一人、大バシレイオス Basileios（三三〇〔?〕―三七九）によれば「虹の三つの基本色は三位一体を象徴している」(六〇)。また虹は、造物主と被造物とを結びつけるので「マリアの象徴にもなり、ある古い讃歌ではマリアは「天の美しい虹」arcus pulcher aetheri と呼ばれている」(六一)という。聖母マリアと虹のみならず、イエス・キリストと虹の同一視がキリスト教において見られる。(六二)「美しい虹」に他ならないマリアの母乳で育ったイエスが、その虹に等しい存在とみなされるのは当然であろう。

　まどの詩「にじ」においては、赤ん坊への授乳という地上的な営為が、話者の、と同時に私たち読者の夢想のなかで神の使者の虹と結びつけられ、天上的な至福感が生まれている。そこには、キリスト教美術の、「授乳の聖母」Maria Lactans ; Madonna del latte の永い豊かな伝統の地下水が、キリスト者まど・みちおを通して流れ出していると思われる。

　聖母子の授乳図を手がかりに、虹をモティーフとしたまどの豊かな作品群を分析してきたが、彼の詩は、キリスト者としての「存在讃歌」、「宇宙讃歌」であり、宇宙全体を一つの音楽のように交響させる神への感謝の歌に他ならない。

本稿を書くにあたり、『まど・みちお全詩集』伊藤英治・編、理想社、一九九四年五月（第十三刷）を底本とした。書名のない引用はすべて底本による。

註

（一）四〇〇頁。
（二）阪田寛夫『童謡でてこい』河出書房新社、一九九〇年十一月、二五五頁。
（三）同書、一一七頁。
（四）同書、二五六頁。
（五）同書、一一九頁。
（六）同書、二五七頁。
（七）同書、二五六頁。問題の新聞記事には、「ぞうさん」の制作年代について作者自身の記憶ちがいもあった。阪田はそれを作者の示唆のもとに調べ直し、「昭和二十三年春」ではなく「二十六年六月十日」と推定している。そして「二十六年なら上野に象がいて、前章の「伝記」〔「見えない象を見た」という阪田の空想〕が幻想になる」と述べている（同書、一二〇頁）。
（八）同書、二五六頁。
（九）まどの詩もワーズワースの詩も、同一または類似の語のくり返しによるリズムが話者の心の昂揚を伝えることは確かである。
（十）ジョルジュ・プーレ『円環の変貌』下、岡三郎訳、国文社、一一五頁。
（十一）五〇三頁。
（十二）二八一頁。
（十三）六四一頁。
（十四）六五二頁。
（十五）「雨がふる日には」の末尾――「雨がふる日には／雨がふっているものですから／宇宙のこのへ

んでは／時間のこのへんでは」。五七四頁。
（十六）三三二頁。
（十七）八三頁。
（十八）『ボードレール全集』Ⅰ・『悪の華』、阿部良雄訳、筑摩書房、一九八三年十月、二七頁。
（十九）同書、二八頁。
（二〇）『フランス文学講座』3、大修館書店、一九七九年十月、一八〇―一八一頁、阿部良雄訳。
（二一）九五頁。
（二二）三九九頁。
（二三）虹にリボンの暗喩が用いられるのは、「あめが　やんだ」（一七三頁）と「あめが　あらった」（二九八頁）の二篇である。
（二四）四四〇―四四一頁。
（二五）四四一頁。
（二六）五三二頁。
（二七）同上。
（二八）サン・テグジュペリ『星の王子さま』、内藤濯訳、岩波少年文庫、一九八四年十二月・第五十三刷、一四一―一四八頁。
（二九）『悪の華』四・「照応」の三・四節は次のとおりである。阿部良雄訳、前掲全集（Ⅰ）、二二頁。

ある香りは、子供の肌のようにさわやかで、
オーボエのようにやさしく、牧場のように緑、

――またある香りは、腐敗して、豊かにも誇らかに、
無限な物とおなじひろがりをもって、
龍涎、麝香、安息香、薫香のように、
精神ともろもろの感覚との熱狂を歌う。

ここには嗅覚＝触覚・聴覚・視覚という共感覚がみられる。

（三〇）四一四頁。なお「ブドウのつゆ」（四六六頁）には、味覚＝聴覚および視覚、の共感覚がみられる――「ブドウの　つゆの／この一しずくの　あまずっぱさ」は「クモの糸よりも　ほそい／一すじの　せせらぎ」と表現される。

（三一）「虹」に「うぶ毛」を結びつけるのは無理だろうか。虹はしばしば、くっきりというより淡くかすんで、あるいはかすかにくすんで見えるように思われる。そんなとき、七色のリボンがうっすらとうぶ毛におおわれた感じがしないでもない。

（三二）四一三頁―四一四頁。

（三三）五〇三頁。「四　まどと虹」参照。

（三四）六五二頁。

（三五）以上の記述は次の二著によった。マンフレート・ルルカー『聖書象徴事典』、池田紘一訳、人文書院、一九八八年九月、二三八―二四〇頁および二九四―二九五頁。アト・ド・フリース『イメージ・シンボル事典』、山下主一郎訳、大修館書店、一九八八年十一月・十一版、四二九頁およびび三三七―三三八頁。

『アンティゴネ』呉 茂一訳（『ギリシア悲劇・II ソポクレス』ちくま文庫、一九九〇年六月・第四刷）には、献酒について次のような註がある（一七一頁）――「死者をまつるために献げる儀式の定りの液は、蜜と葡萄酒と生水との三種から成る、それを三度そそぎかけるのが定式」。

（三六）ルルカー、前掲書、二三九頁。

（三七）五六七頁。

（三八）六一二―六一三頁。

（三九）六三五頁。

（四〇）五三四頁。

（四一）一五九頁。

（四二）六一三頁。

（四三）五六五頁。「泉」の第三節。

（四四）五〇七頁。「見えない手」の第三節。

（四五）六五二頁。「シダレヤナギ」には、「雨のお母さんの あの虹のひとみが／しっとりと／大きくすみわたって」とある。虹は「しっとりと」うるおっていながらも、「すみわた」ることのできるものなのだ。

（四六）六一六―六一七頁。「花を見ていて」の第二、三節および終節。

（四七）四四二―四四三頁。「ナメクジ」の第三節。

（四八）四二二頁。「こま」の終連。

（四九）小池寿子『死者のいる中世』、みすず書房、一九九四年八月、一二四および一二六頁。

（五〇）同書、一一三頁。
（五一）同書、一三〇頁。
（五二）[illegible]の美術[illegible]社、一九七九年二月、二七頁。
（五三）全く同じ構図の、だがタッチの粗さなどから未完と思われる作品（一五九〇―九五年頃）がトレドのタヴェーラ施療院にある。
（五四）若桑みどり『薔薇のイコノロジー』、青土社、一九八四年十月、六二一―六二三頁。
（五五）若桑によれば、エジプトの女神イシスはヘレニズム期のギリシア・ローマ世界で、大地女神デメテル（ケレス）と同一視されるようになった（同書、三〇頁）。
（五六）同書、四三頁。
（五七）ルルカー、前掲書、二四〇頁。
（五八）同書、二七六―二七七頁。以下の虹についての記述は、同書に負うところが大きい。
（五九）同書、二七七頁。
（六〇）同上。
（六一）同上。
（六二）ド・フリース、前掲書、五一六頁。

Madonna and Child with a Rainbow
–An iconological analysis on the poetry of Michio MADO–

Akimasa YOKOYAMA

Abstract

The poet, Michio MADO, was awarded the International ANDERSEN Prize in 1994. He wrote about thirty poems on the motif of the "rainbow". One of them entitled *Rainbow* is as follows:

Rainbow,
Rainbow,
Rainbow !

Mommy,
Sit
Just below it,
And give Baby
Your breast, please !

In this short poem, it seems that we find the motif of *Madonna* (or *Virgin*) *and Child*, especially that of *Maria Lactans* (or *Madonna del latte*). But we do not to insist that it was written in response to a certain painting created in the European tradition of Chiristian art.

We tried to analyze various paintings on the motif of *Maria Lactans* created by such artists as Van EYCK, WEYDEN, CAMPIN, DÜRER, RUBENS, Da VINCI, GIORGIONE, BOTTICELLI, RAFFAELLO and El GRECO. We rarely find the paintings of the *Madonna and Child with a Rainbow*. However, they exist. For example, *Madonna di Foligno* by RAFFAELLO, though unfortunately, Madonna here does not breast-feed the Child. We are able to see an affinity between the poem *Rainbow* of Michio MADO and the works of these European artists.

Furthermore, we can note, in another MADO poem *Sui-mitsu-tô* (Water-honey-peach, i.e. a succulent and very sweet peach), how the poet symbolizes the Promised Land (*Canaan*) by using the image of eating the succulent peach. There are striking parallels with the baby sucking at his mother's breast in the embrace of a rainbow.

Through our analysis of various poems by MADO on the motif of the "rainbow" in which we are able to see a spontaneous similarity among the several senses (*synesthesia*), we can conclude that for the poet, the cosmos itself is music, indeed sacred music. Another poem also entitled *Rainbow* illustrates this idea.

All the colors
Together are
Playing music.

Ah, lovely !

It sounds
Like a song
From the heart of the heavens.

The poetry of this Christian, Michio MADO is nothing short of a hymn in praise of the immense, living cosmos and of the God who orchestrates and harmonizes it.

II 共感覚の詩

はじめに

いきなり結論めいたことを述べるが、私は『虹の聖母子――まど・みちおの詩のイコノロジー――』（一）のなかで、まどの詩「にじ」について次のように書いた。

> 共感覚は、五感という、人間による地上的な「分類」の枠を取りはずすことであり、人間の感覚を小さく分割するのではなく、一つの丸ごとの存在として認め直すことなのだ。実際、私たちは一つの対象を知覚するのに、大抵どれか一つの感覚ではなく、全感覚を総動員しているのではなかろうか。このことはまた、人間存在を一個の、統一ある全体としてとらえ直す契機にもなると考えられる。〔……〕まどにとって虹は、天上の音楽を奏でている色彩の天使たちであり、その音楽そのものでもあるのだ。

ここでふれた「にじ」（二）は、次の小品である。

いろが
みんなで
おんがく　してる

ああ　きれい

てんの
こころの
うた　みたい

「私たちは一つの対象を知覚するのに〔……〕全感覚を総動員しているのではなかろうか」と、私は述べたが、更に言えば我々の感覚は、視覚・聴覚・嗅覚…という風に明確に区分されて働くとは限らず、二つ以上の感覚が交錯したり、入れ替わったりしながら機能するという生理学上の現象がある。この現象が文学作品のなかにどのように表現されているか、作家の技法にどのように生かされ、どのような効果をあげているか――

この問いを、様々な作品にあたりながら考えていきたい。

一　ボードレール「照応」*Correspondances*

「共感覚」の英語は synesthesia、フランス語は synesthésie である。フランス語で最初に用いられたのは一八六五年で、一八七二年には形容詞 synesthétique が生まれる。以下『トレゾール・フランス語辞典』によれば、語源はギリシア語の συναίσθησις つまり《action de percevoir une chose en même temps qu'une autre, sensation ou perception simultanée》「一つのものを別のものと同時に知覚する行為、同時の感覚ないしは知覚」である。病理学用語として、「感覚器の知覚の混乱。ある通常の感覚が、刺激の生じる体の部分とは異なる部分で、あるいは異なる感覚野で、同時の補足的感覚に自動的に伴われること」と定義づけられ、メルロー・ポンティ『知覚の現象学』（一九四五年、二六三頁）から次の一文が引用されている。

> メスカリン中毒は、それが偏らない態度を崩させ、患者の生命力を解放するので、

共感覚を助長することになる。事実、メスカリンのせいで、フルートの音は青緑色をもたらし、メトロノームの音は、闇のなかの灰色のしみとなって現れる。(三)

ここでは、音に色彩を感じる共感覚、「色聴」あるいは「聴覚性色感」について語られているが、それが病的な症状とみなされていることは明らかである。しかし、心理学用語としては必ずしもそうではない――「異なる感覚野からの印象の、同一主体における、絶えざる連合という現象」と定義され、興味ふかい例が引かれている。

共感覚をいつも病的な徴候とみなすことはできまい、なぜなら、それは、理性による知的洗練のメカニズムによるにせよ、ある種の個性に顕著な感情表現のようなものであるにせよ、正常な状態でも存在し得るからである。(四)

ここに述べられている考えと同じように、我々は、文学作品にあらわれた共感覚の表現を病的なものとして受けとらないようにしたい――というよりむしろ、それが病的であるか否かは問題としないつもりである。

さて、共感覚について考えるとき、我々がまず思い浮かべるのは、ボードレールの名高い詩「照応」*Correspondances*（『悪の花』*Les Fleurs du Mal,* 一八五七年）であろう。その二・三・四節は、次のとおりである。

夜のように　光のように広大な
暗い深い統一のなかで
遠くから混じりあう長い谺のように
香りと色と音はたがいに応えあう

子どもの肌のようにさわやかな香り
オーボエのように柔和な　草原のように緑の香り
——またほかの　腐敗した　豊かな勝ちほこった香りがあり

無限の万象と同じように拡がり
竜涎香　麝香　安息香　薫香のように
精神と感覚との熱狂を歌う

このソネットでは、明らかに香り（嗅覚）が支配的であり、

嗅覚＝触覚・視覚（「子どもの肌」）
嗅覚＝聴覚（「オーボエ」）
嗅覚＝視覚（「草原のように緑」）

という共感覚がみられる。しかし、共感覚を核とする照応の詩学は、ボードレールの独創ではない。ここに、先行するテクストをいくつかあげてみよう。まず、ボードレールが自らの美術批評『一八四六年のサロン』に引用している、ホフマンの『クライスレリヤーナ』の一節は次のとおりである。

私が色と音と香りとの間に類縁関係《アナロジー》と内密な結合とを見出すのは、ただ夢の中でとか、眠りに先立つ軽い譫妄状態においてだけではなく、目覚めていて、音楽を聞く時もそうなのだ。私には、それらがみな一条の同じ光線によって生み出されたものであり、それらが集って一個のすばらしい合奏を成すべきもののように思われる。褐色と赤の金盞花《きんせんか》の匂はわけても魔術的な効果を私の身に及ぼす。それは私を深い

夢想に陥《おちい》らせ、その時、さながら遠方から〔のように〕、オーボエの荘重で深い音が聞えてくるのだ。(五)

アダンは、ガルニエ版『悪の花』の注釈(六)で、このホフマンの一節は、後に「共感覚」と名づけられたものとも、その一つである「色聴」*audition colorée*とも関係がないと述べている。つまり、ホフマンにみられる共感覚は、次に引くゴーティエの記述における共感覚、特にハシッシュの服用によって惹き起こされる、例外的で病的なものとは違う、と主張するのである。一八四三年にゴーティエが書いた、『ハシッシュ吸飲者クラブ』のなかの一節にはこうある。

私は色彩の音を聞いていた。緑の、青い、黄色い音が、完全に明確な波動をなして私に届くのだった。(七)

アダンがこのように、症例としての共感覚と、ホフマンの、ということは(それを引用した)ボードレールの共感覚とを区別するのは、ボードレールの「照応」においては、地上における諸感覚のあいだに成立する、いわば水平的な共感覚より、精神界と物質界、天上と地上の、いわば垂直的な照応、または類縁関係が根底をなしている、と考えるからである。

たしかに、ホフマンの一節では、「色と音と香り」との間に「類縁関係」があることによって生まれるそれら相互の置換、もしくは統合、いいかえれば共感覚の現象は「一条の同じ光線」によって統一され、やがて「一個のすばらしい合奏」のうちに融合するものとみなされている。また同様に、ボードレールの「照応」においては、「〈自然〉は一つの神殿」（第一節）と断言され、既にみたように、「夜のように　光のように広大な／暗い深い統一のなかで」「香りと色と音はたがいに応えあう」（第二節）と、天と地の照応が示され、共感覚は広大な宇宙と結びつけられる。言いかえれば、「香りと色と音」は自然のなかに充満しているが、それを知覚するのは一人ひとりの人間（＝小宇宙）に他ならず、それらの間に成立する共感覚を通して、「小宇宙」としての個々の人間は「夜」も「光」も含む「大宇宙」の隠された統一に参入することができるのである。ここには、ボードレールが十八世紀スウェーデンの神知学者スウェーデンボリから受けついだ秘教思想がある。

二　響きと花

ここで、日本文学における共感覚の作品をいくつか読んでみたい。まず蕪村の秀句から——

地車のとゞろとひゞく牡丹かな

「地車」を、「だんじり」、「ぢぐるま」のどちらにとるかで、句の解釈も変わってくる。「だんじり」と読む清水孝之は、「鉦と太鼓の音が遠くから聞こえ、やがて勇ましくも賑やかに祭礼の地車が近づいてきた」（八）と評釈する。「ぢぐるま」と読む萩原朔太郎は、「夏の炎熱の沈黙《しじま》の中で、地球の廻轉する時劫の音を、牡丹の幻覚から聴いてる」（九）と、壮大な宇宙感覚に基づく解釈を展開する。もっとも朔太郎は、「ぢぐるま」と読みながら、華麗な山車《だし》、あるいは楽車《だんじり》をイメージしていたかもしれないが、不明である。ひょっとして彼は、「地車」を直ちに「地球という車」と類推したのかもしれない。いずれにしろ彼は、地響きをたてる地車を、牡丹が呼び起す「雄大でグロテスクな幻想」と断定する。

私の好みから言えば「地車」は、車体の低い四輪の大型荷車の類いであり、その方が牡丹の豊麗なイメージを一層きわ立たせるように思われる。その大音響が実際に聞こえたのか、それとも朔太郎の言うように幻聴なのかどうか、は重要な問題ではない。清水は、「上五に「地車の」と出して、遠くから車の音が地響きたてて近づいてくる様をうかがわせ、中七の擬音的表現により、牡丹の花弁をゆるがせながら、近くを通りすぎる生動の状態を描写し、結五はその過ぎ去ったあとの余韻なり、もとの静けさにかえった一層の静寂なりを、表現している」だけでなく、「それが音響の中に捕えられている手法は極めて清新であり、「山蟻の」のような単純な視覚的把握の句よりも、立体的な表現になっている」[十]と、高く評価する。

大切なのは、蕪村が花の揺れを車の轟きが惹き起こしたものと想像し、そのように表現したことである。（その場合でも、本当に音響が花を揺らしたのかどうか——おそらくそうではなかろう——も重要ではない。）あでやかに咲き誇る大輪の花（一本ではあるまい）の揺れ（視覚）と車輪の響き（聴覚）とをじかに結合させ、そこに夢幻的な空間を創出することがこの句の狙いであったように思われる。それが、朔太郎のような雄渾な想像力の飛翔をも許すのであろう。

また車輪は古来、様々な文化圏で、その形（円環）から太陽（時に月）の象徴であった（車軸＝光線）。と同時に、その回転運動から、循環や更新（したがって時間）の象徴でもあった。(十二) 時の流れを暗示する動的な円環が、花の静的な円環に重ね合わされ、花は一とき、車輪の進行（＝時間）に共鳴するかのように揺れる。逆に、今この瞬間、眼の前にある花の円環（＝空間）のなかに、見えない車輪の音響が導入され（聴覚化）、そのことにより時間の永劫の流れが凝集・定着された（視覚化）とみることもできよう。もちろんこの危うい均衡＝美の一つの形、は言葉の空間のなかでのみ成り立つのであり、現実の世界では容赦ない時間の進行――やがて車が去り、花も萎れる――によって崩れ、失われるはずである。

＊＊＊

あたたかきNice《ニイス》の浜に寄する浪園のなかなる花にしひびく

斉藤茂吉の欧州旅行中の作（大正十三〔一九二四〕年）。ここで、花が庭の「なか」

にあることを、茂吉がわざわざ指示しているのは、花が波打ち際にはない、つまり、浜に打ち寄せる「波」からは遠くにあることを暗示したかったのではあるまいか。何気ないスケッチのようであるが、空間を隔てて耳に届く地中海の波の響きと、眼に映る花群れの小さな震えとが、茂吉のなかで、共感覚のかたちで結びつくのである。

***

村野四郎の『亡羊記』（昭和三十四（一九五九）年）は、彼の詩業の頂点をなしている。この詩集には、二篇の「暗い春」が収められているが、二番目の作品[十二]は次のとおりである。

どこかの谷間の雪崩が
シクラメンに戦慄をはしらせ
少年のゆめが
ねずみの頚骨のように　小さく
砕けちる日

街は白く
女たちは乾いて
木の股のように歩くのだった

全体が一行の文章で、行分けにしてもたった八行の小品ながら、この詩には、村野の精妙な言語技術と蒼白な虚無感が凝集している。教科書の解剖図などを除き、ねずみの首の骨を見た者はまずいないだろうが、そうであるにしても、この鮮烈な直喩（「ねずみの頚骨のように　小さく」）によって読者は、単なる表現の域をこえて生理的な痛みを覚えるのである。

さて、ここにも、遠くの雪崩のとどろき（聴覚、ただし幻聴かもしれない）と、可憐な花のおののき（視覚、白か赤の色彩が浮かぶかもしれない）との共感覚がある。花の震えは、実際には雪崩の音響との共鳴、あるいは共振によるのではなく、おそらく春を予感させる微風によるのであろうが、村野は意図してこの二つを結合させ、広大な幻想的な空間を喚起したかったのだと考えられる。

三　声と色、香りと色

海邊に日暮して
海くれて鴨のこゑほのかに白し　『甲子吟行』

「鴨のこゑほのかに白し」については、解釈が二つに分かれる。『讀々芭蕉俳句研究』(岩波書店、一九二六年五月)では、

次郎　ええ、波頭か何かが白さを誘ふのです。
能成　芭蕉が實際「鴨のいき白し」とやつたかどうかは知りませんが、そんな氣持ちが幾分あると思ふ。寒い日で、人のいきが白いのを夕方の白けた様な感じにもつて來て、そこをいきと云はずに聲白しと云つた所はないでせうか。

このように、「こゑ」が「白し」と言い切っている事実を素直に受けとめず、夕方の

海上の白さや、〔鴨の〕息の白さに結びつけたいわば論理的に無理のない解釈と、小宮豊隆の「場所は海邊、ほのかに白しは、波がしらの白いのを見るとか、息の白いのを見るとかいふのでなく、直ちにほの白く聲を感じたものだとする」解釈とに分かれる。露伴の「海が暮れて鴨の聲のみがほのかに聞えるのです。暮れた海の鴨の聲といふものはいかにもほのかに白い」という評釈は、後者に近いと言えよう。大谷篤藏の「海上一面に薄暮がせまり、ほの白い微光がただようあたり、一声鴨の声が聞えるの意」[十三]という校注は、前者に属している。だが、この句には「ほの白い微光がただようあたり」に対応する描写はなく、しかも「鴨のこゑ」が「ほのかに白し」、という表現の特異さについては言及されておらず、この注釈は恣意的で片手落ちであると言わざるを得ない。

我々は、芭蕉が表現した通りに「こゑ＝白し」と受けとりたい。この点では、岩田九郎の評釈が適切である。

「鴨の声ほのかに白し」というのは、ほの白い海の上の水蒸気と、鴨の声とが感覚の上でいっしょになっているのである。白いのは目の感覚、声はもとより耳の感覚だが、その耳の感覚が目の感覚になっているような微妙な感じを一句にまとめたのである。「鴨の声ほのかに白し」と鴨の声を上においたのもその用意である。

そして、「その詩情は全く新しい天地を開いている[十四]」と賞揚する。

今栄蔵の注釈も、「鴨の鳴く声を仄白いとする幻想的な把握が冬の海のうそ寒さと作者の寂寥感とを感覚的に呼び起す。すぐれた感覚句[十五]」と捉えるが、「冬の海のうそ寒さ」はともかく、「作者の寂寥感」に直ちに結びつけるのは、ややゆきすぎのように思われる。鴨の姿は、暮れ方の海上の薄明にまぎれて見えない。しかしこの薄明の空間を鴨の鳴き声がほの白く満たすとき、同時に、渡っていく鴨の漂泊の生がこの声に同化して、うっすらと、だが広大に視界に拡がっていくのである。しかし作者がこの情景に自らの「寂寥感」をこめたかどうかは、断定できないのではなかろうか。

いずれにしろ、作者は暮れ残る海の薄明から、鴨の鳴き声を白く感じた、と受けとるべきではなく、「こゑ=白し」という共感覚の発見とその表現によって、作者と共に読者は、薄明の空間のほの白い拡がりと、そこに溶けいって視界全体を覆うかにみえる小さな渡り鳥の寄る辺ない生の、蒼白な来し方と行く末を思いやることになる、と考えるべきであろう。ほの白い鴨の声に、作者自身の声（=詩作行為、と同時に作品そのもの。さらに、作者の生きざま）を重ね合わせて読みとるかどうかは、その次に来る問題である。

＊＊＊

次に、花の白い色と香りを結びつけた蕪村の一句を読むことにしたい。

夜の蘭香にかくれてや花白し

この作品では、香りに色を、またその逆に色に香りを感じたのではない。そうした共感覚の表現ではないが、句全体から、香りと色の融合した世界が現出するように感じられる。もともと蘭の花自体、香りと色彩が渾然一体をなす清雅な存在であり、この二つの要素を別々にして蘭の魅力を語ることはできない。しかしこの作品では、「香」と「色」をあえて切り離し、両者を比較したところに面白さがある。夜の闇（この情景が部屋の内部なら、そこには灯がともされていないのであろう）に、蘭の清冽な香りは満ち拡がっているが、花弁は闇にまぎれて、つつましく、ほのかに白く浮かんで見える。中七の「香《か》にかくれてや」について言えば、「ka」音の頭韻 alliteration が香りの強さを聴覚的に喚起していることは明らかである。その香りの膨張する球体に包まれて、花弁の白色はここでは空間に大きく拡がるのではなく、むしろ収縮するかに見え、この高雅な花の奥ゆかしい可憐さがつのるように思われる。

暉峻康隆の校注では、「蘭が闇にかくれ、花だけがおぼろに白く、清香を放っている様を「香にかくれてや」といった表現はたくみである(十六)」と評価している。ところが永田龍太郎は「これは、夜になって、暗い闇の中から蘭の清香が殊更ただよい、それが「香にかくれてや」で、ただ花だけがおぼろに白く見える。というそれだけの意で〔……〕「香にかくれてや」の表現は花よりも香の強さを強調したのであろうが、また言葉の巧みが先に立って、感情は聊か留守になっている憾みがある(十七)」と、作者の機智に難をとなえている。

くり返しになるが、「香り」(嗅覚)と「色彩」(視覚)という、本来なら同じ基準ではその強度を測れない、相異なる二つの感覚を、あえて比較し、結びつけたところに、作者の発見があると言わねばならない。考えてみれば、闇のなかでは、視覚より先に嗅覚や聴覚が働いて、対象を知覚させるのである。清水孝之は、こうした諸感覚の働きの時間差に気付いたのであろう——「暗い闇の中から蘭の清香がただよい、熟視していると白い花がほんのり見えてきた(十八)」と注釈を付けている。

我々はむしろこう考えるべきではなかろうか——「香にかくれてや」という表現によ

り、「香り」と「色彩」が一気に結びつけられ、我々の内部では、どちらの要素も（一方が他方より強くというわけではなく）それぞれに固有のあり方で、だが一つに融合して闇の底の花の存在を知覚させる、と。一つに融合して――しかしこの度は、色が香りに包みこまれる、包含のかたちで。ここにも、共感覚が、嗅覚と視覚のあいだの共感覚が認められるように思われる。

おわりに ――「精神と感覚との熱狂」――

共感覚の視点から、更に色々な詩人の数多くの作品を読み直すことができると思われる。ここでは、その折に気をつけねばならない点を一つだけ記しておきたい。

いうまでもなく、共感覚を詩人が言葉で定義づけるだけではそれを表現したことにはならない。それを作品のなかで宣言のように示すだけでは、詩とはいえない。表現を通して、読者にそれを感じさせるべきである。第一章でふれた「照応」の次の詩行は、理論の方程式にすぎない。

香りと色と音はたがいに応えあう

とはいえ、ある作品から生じる効果は完全に感覚的なものではなく、そこには常に精神的・観念的なものが混じってくる。そこでボードレールは、この詩を、「〔様々な〕香りがあり」、

無限の万象と同じように拡がり
竜涎香　麝香　安息香　薫香のように
精神と感覚との熱狂を歌う

と、結ぶのである。言葉自体がそもそも、具体的な感覚や情念と、抽象的な観念とで出来ているからである。その言葉の組み合わせによって、我々の想像の世界に共感覚の効果を呼び覚ますことが詩作の目的の一つになる。彼自身このことに気づいていて、「香りと色と音はたがいに応えあう」の前に、「夜のように　光のように広大な／暗い深い統一のなかで／遠くから混じりあう長い谺のように」と、宇宙規模の比喩を展開させている。

他の作品では、ボードレールは共感覚をどのように表現しているのだろうか。興味ふかいのは、この詩法がほとんど南洋詩篇で用いられることである。二十歳のとき、インド洋までの航海で初めて味わった熱帯地方の強烈な香りと色彩と音響は、彼がヨーロッパで味わってきたものとは全く異なっており、通常の感覚表現では表せないと感じたのであろう。「髪」では、恋人の黒髪は南洋の港を含んでいる。

響きわたる港　そこで私の魂は飲める
なみなみと　香りと音と色とを

「飲む」boire という動詞に工夫はみられるが、どのような香り・音・色彩なのか、具体的に、あるいは感覚的に示されていないので、我々はここでの共感覚を漠然と憶測するしかない。だが「異邦の香り」の場合、恋人の身体の匂いに導かれて「私」がみる思い出の「帆とマストがひしめく港」では、

それにつれ緑のタマリンドの香りが
大気をめぐり　私の鼻孔をふくらませ

私の魂のなかで水夫たちの唱に溶けいる

——このように、色と香りと歌声の共感覚が成立する。脚韻から見ると、「タマリンド(の樹)」tamariniers のなかに「水夫たち」mariniers が豊かな交韻として融合する。このなかに、前節・終行の「海の」marine と「鼻孔」narine の豊かな交韻が、類似の音の繰りかえしによって融けこむ。ここで大切なのは、共感覚が単に五感のなかではなく、「魂」のなかで起きることである。それは詩人にとって感覚の混乱や錯乱などではなく、精神の奥深くの、おそらく知覚(の記憶)と想像力のあわいで感知される、神秘的ともいえる現象である。更にここでは、それが作品の現在の感覚なのか、過去の感覚なのかも識別できないように表現されている。少なくとも我々は、タマリンドの香りに覚えがなく、水夫の唱を聴いたことがなくとも、熱帯の陶酔に誘うような感覚を想像することはできる。(十九) もちろん実際にその場を体験すれば、詩人と同じような感覚を共有できるかもしれないが、それは今問題ではない。この詩行は、二十年ほど後にマラルメ Stéphane Mallarmé(一八四二-九八)の「海の微風」で想起される(ここでは「魂」が「心」のレヴェルに引き下げられているが)——

しかし、おお私の心よ、聞くのだ船乗りたちの唱を

同じ南洋詩篇の「前世」にはピタゴラス風の輪廻転生思想が窺われるが、第二節で、波濤の音響と夕焼けの色の融合が、共感覚の詩法で荘大に神秘的に捉えられる。

海のうねりは大空の姿を転がしながら
おごそかな神秘的な調子でまぜ合わせていた
その豊穣な音楽の全能の協和音を
私の眼に映る落日の色彩に

以上の例をみても、ボードレールが如何にこの詩法を重要視していたかが分かる。ただ残念なことに、彼は他の作品では余りこの詩法を用いていない。「夕べのハーモニー」では、花、香炉、ヴァイオリン、聖体仮安置台、血のような太陽、聖体盒が渦巻くように暮色のなかで溶けあい、「メランコリックなワルツとものの憂い目まい」に収斂される。

ごらん　今　茎の上でうちふるえながら
花たちはみな香炉のように薫り立つ
音も香りも夕べの大気のなかで渦まく
メランコリックなワルツ　もの憂い目まいよ！

「色」という語は出てこないが、「音」と「香り」に花や夕陽、仮祭壇などの華麗な色彩が入りまじり、我々は目くるめく共感覚の空間に引きこまれるような感じに捉えられる。詩人はこの作品に、マレー歌謡のパントゥーン pantun から借りたパントゥーム pantoum の詩形の一部を採りいれている。押韻の規則などは除き、各節の第二・第四の詩句を次節の第一・第三の詩句として繰りかえす形式は守られている。この構造も、共感覚に基づく「ワルツと目まい」の旋回運動を生じさせる要因になっている。

第一章でみたように、共感覚は正常な状態でも「理性による知的洗練のメカニズム」によったり、「ある種の個性に顕著な感情表出」によって現れる。「感情表出」を「感覚や情念の表出」と言い換えれば、主体の内部でこの二つが結びついたとき、共感覚の発現が可能になると考えられる。しかし、洗練された知性と独自の感性が結びつくだけでは充分とはいえない。それらが分かちがたく溶けあい、主体を「熱狂」transports（忘我の陶酔）に導くとき初めて、その主体は共感覚の饗宴に参入することが許されるのである――「私の魂は飲める／なみなみと　香りと音と色とを」。

このようにして、共感覚から生まれる未知の文学空間を想像力の宇宙に喚起してくれる作品に出逢うことは、我々の尽きぬよろこびである。

註

（一）『広島女学院大学論集』第四十四集、一九九四年十二月、一三九頁。本書五三頁。
（二）『まど・みちお全詩集』、伊藤英治・編、理想社、一九九四年五月・第十三刷、一五九頁。
（三）『フランス語の宝庫』*Trésor de la Langue Française, 15*, Gallimard, 1992, p.1262.
（四）同上。
（五）『ボードレール全集』Ⅲ、阿部良雄訳、筑摩書房、一九八五年七月、八六頁。
（六）BAUDELAIRE, *Les Fleurs du Mal*, Edition de Antoine ADAM, Editions Garnier, 1988, p.272.
（七）同上。
（八）『新潮日本古典集成』第三二回・『與謝蕪村集』、清水孝之・校注、昭和五十七年七月・二刷、七五頁。
（九）『萩原朔太郎全集』３・『郷愁の詩人　与謝蕪村』、新潮社、昭和三十七年九月・第二刷、四九二頁。
（十）清水孝之『与謝蕪村の鑑賞と批評』、明治書院、昭和五十八年六月、一五七―一五八頁。

（十一）J. Chevalier et A. Gheerbrant, *Dictionnaire des symboles*, R. Laffont, 1989, pp. 655-658.
（十二）村野四郎『亡羊記』、政治公論社『無限』編集部、一九五九年十一月、八四—八五頁。
（十三）『日本古典文學大系』45・『芭蕉句集』、岩波書店、昭和三十七年六月、二二八頁。
（十四）岩田九郎『諸注評釈芭蕉俳句大成』、明治書院、平成三年八月・五版、一九七頁。
（十五）『新潮古典集成』第五一回・『芭蕉句集』、今栄蔵・校注、新潮社、昭和五十七年六月、八四頁。
（十六）『日本古典文學大系』58・『蕪村集　一茶集』、岩波書店、昭和四十六年七月・第十一刷、一六九頁。
（十七）永田龍太郎『続評釋蕪村秀句』、永田書房、平成四年十月、一三九頁。
（十八）清水孝之校注、前掲書（註八）、一三九頁。
（十九）プッチーニ Giacomo Puccini（一八五八—一九二四）の歌劇『蝶々夫人』Madama Butterfly（一九〇四年、ミラノ初演）第二幕第一場を締めくくる水夫たちの合唱を思い出してもよい。このけだるい、ノスタルジックな曲に、イタリア人プッチーニの東方に寄せる異国趣味が偲ばれるからである。

Ⅲ　村野四郎の詩法

——「鹿」をめぐって——

はじめに

村野四郎は、鮎川信夫の次の評に代表されるように、技巧派とみなされがちである。

村野の詩的出発は俳句にはじまっているといわれているが、技巧に対する意識は、たしかに歌俳の詩人に近く、いちじるしくクラフティである。〔……〕それぞれの時代的環境に応じて知的にはかなり違った思想的内容をもつ時期を経験しているが、技巧の意識を大切にしてきたという点では、はじめから一貫したものを持っている。(一)

村野自身、このことを一応みとめて次のように述べている。

彼〔村野〕は一般には、テクニシアン（技巧家）あるいはクラフトマン（工匠）だとされたが、彼の言葉に対する信頼は、それが詩人にとって「認識の唯一の方

法」であるというハイデッガーの存在論によって裏づけられていた。それは決して意匠ではないはずであった。（二）

このように村野は、彼の詩法が単なる「意匠」と受けとられることを危惧している。たとえば、詩集『亡羊記』の「序詩」（「詩人の彫像」）に続く最初の詩「塀のむこう」の終節は、この点で時に論議の対象とされる。

地球はそこから
深あく虧《か》けているのだ

村野は難解な語句や偏倚な用字に頼る詩人では決してないが、時に漢字や名詞（特に植物の名称）・修飾語（特に副詞）の選択に凝ることがある。「虧《か》ける」や「罅裂《かれつ》」（「秋の日」（三））など。「深あく」は日常語の域を出ないが、読者の意表をつく秀抜な工夫である。といってもこれは、他愛ない言葉の遊びと紙一重の実験ともいえる。それゆえこの副詞は、ここでは深刻というより一種のおかしみ —— 彼の好んだ言葉を用いれば諧謔味 —— をかもしだすかのようだ。この詩句への評価は二つに分かれようが、いずれにしろ村野は、こうした言葉の実験あるいは表現の冒険を試みつづけた詩人である（真正の詩人はみな、一回一回の作詩の場でこの種の試みに挑戦するはずである）。

問題は、それが単に技術上の思いつきに終わっているか、それともその効果が作品の主題あるいは作者の思想を十全に表現するのに役立っているかどうかである。安西均は、

日本の伝統詩（とくに俳句）についても深い透視力を持っている。詩的テクニックにおいてなら、芭蕉の弟子で芭蕉以上といわれた野沢凡兆を想起する。しかも中心主題は常に現代の不安な生だ。(四)

と、村野を評している。事実、彼の場合、技巧に引きずられていると思われる作品も時にあるが、その殆どが平易な日常語を用いてのものである。使い古された言葉、一見単純な語法によって最大の効果を引き出すこと、これが彼の自らに課した詩法の基底をなす決意である。詩人に求められる真の技巧の力は、この苦闘のなかで養われ、鍛えられるのである。

一　時間から空間へ

村野四郎の詩業の頂点をなす第九詩集『亡羊記』（昭和三十四年刊。三十五年、第十一回「読売文学賞」受賞）は、「序詩」と四十一篇の作品を収める。室生犀星によれば、「『亡羊記』は現代の詩の一つの尖塔であ(五)る。本編の六番目に位置する「鹿」は、『亡羊記』のなかでも短い、たった十一行の小品ながら、ひたすら簡潔・平易を目指し、しかも鮮烈なイメージの造型のうちに高度の思惟と深い情念のこめられた白眉の作である。

この詩について、伊藤信吉は次のように述べている。少し長くなるが、

〔……〕この作品には、村野四郎氏の詩的思考や表現の特色がはっきりとあらわれている。いま生と死とが入れかわろうとする一瞬のあわいに、眼前の死の谷に射ちおとされようとする瞬間に、夕陽をうけてきらめくあざやかな時間！　なんのための時間のきらめきなのか。空しさそのものの価値のようなものだ。この一篇は私

どもの生にひそむ一回的な最終の歎息を、自分の呼吸で吸いあげるように組立てられている。
〔……〕〈鹿〉は、この詩人における生の意識と、その方法論的自覚とを集約的にしめした作品である。(六)

村野自身、「この批評より深く、かつ精緻な解明は、とうてい不可能であろう」(七)と絶讃しているが、私には少しく華麗にすぎて、これに比べると詩の方がむしろぶっきらぼうに感じられるほどである。とはいえこの批評は、対象の作品に己をすっかり同化させ、その一体化のなかから語っている点ですぐれている。

時間の空間化——作品を読みすすめる短い時間の流れのとある一瞬に、一つの生命(まず鹿、次に私たち一人ひとり)が過ごしてきた時間、そしてその生命の誕生前と死後の無限につづく時間が凝集し、一枚の静謐さを湛えた絵画《タブロー》が私たちの脳髄のなかに出来あがる。

この作品をあらためて読みかえすとき、私たちの記憶に凝固した画面から生と死の時間が流れ出してくる。読み終ったとき、私たち(読者)の内部を流れた熱い濃密な時間が、静止した一枚のタブローに再び凝結するのである。永遠の一瞬、あるいは一瞬の永遠の形象化がここにはある。

村野は、「ある程度成功した実験として記念的な意味をもっています」(八)と自負する第二詩集『体操詩集』を出した昭和十四年頃、彼が標榜していた新即物主義について、その典型的な表れをグロピウス（一八八三―一九六九）のバウハウスやル・コルビュジエ（一八八七―一九六五）らの建築美学に認めて、次のようにいう。

建築と文学は、共通の命題と論理によって互いに接触しつつ発展していったものですが、ギュンタア・ミュラーというのが、「今日ではすべて決定的なものは空間にみられる」というようなことを言いましたが、これは建築と文学の接近を肯定する言葉というより、文学の形態性という意味で、文学、ことに詩における時間性（音楽性）から空間性（心象性）への移行を暗示しているところに重要な歴史的意味があるようです。(九)

これは講演記録であり、よい文章とはいえないが、「詩における時間性（音楽性）から空間性（心象性）への移行」という指摘は、村野の詩学の根底を示しており、重要である。

また彼は、エッセー「現代詩の構成」で同じ考えを述べている。

現代詩の詩的美は、もはや時間的なものにでなく、空間的なものに求められる。もし現代詩、或は今日以後の詩に何か律動的なものが求められるとしたら、それは音の上にでなく形態の上にであろう。詩の中を通過するイメエジの進行の過程の上に求められるかもしれない。(十)

ここでの時間とは、短歌のような伝統的な定型詩が生み出す時間、言葉の音楽性に基づく時間のことであるが、彼の求める新しい詩の美が「空間的なもの」に依拠するという考えは、「鹿」はもとより集中の他の作品でも具体化されている。また、あり得べき現代詩の律動（音楽性）は、小野十三郎が「奴隷の韻律」と呼んで峻拒した従来の律動（五七五を中心とするもの）ではなく、「詩の中を通過するイメエジの進行の過程」から生まれるもの、言いかえるならイメージの展開によって形づくられる空間的なものであるとする考えは、村野と同時期に活躍した丸山薫（一八九九―一九七四）の次の言葉にも顕著である。

現代詩のレトリックは日本語の非音樂性の發見という特殊な基盤に立つて、その内容である造形性を韻律にまで高めるために極めて振幅の大きい刻みこみを行う。従ってその特徴とするところは前代の修辭法に比べて著しく知的であり、暗示的であり、連想的であり、視覺的であることである。(十一)

イメージと音楽性、「造形性」と「韻律」との関わりについては、更に詳細に考究されなければならないが、両者の主張は驚くほど似ている。

こうした詩法が「鹿」ではどのように働き、どのような効果をあげているか、細かく検討する。

二　平易な語法

鹿

鹿は　森のはずれの

夕日の中に　じっと立っていた
彼は知っていた
小さい額が狙われているのを
けれども　彼に
どうすることが出来ただろう
彼は　すんなり立って
村の方を見ていた
生きる時間が黄金のように光る
彼の棲家である
大きい森の夜を背景にして

まず、この作品中の用語の特質をみてみよう。一読して直ちに気づくのは、その平易さである。形容詞は二つだけで、しかも考えられる限り最も単純な一対、「小さい（額）」と「大きい（森）」である。副詞も「じっと（立っていた）」、「すんなり（立って）」の二つで、日常ありふれているが、この「すんなり」が、作品全体をあやうく、だがしなやかに、優雅に、しかも強靭に支えている。何気ないようでいて、他の何人も思いつかないような見事な用法であり、村野の技巧が、というより彼の鋭い言語感覚が最もよく発揮された例の一つである（これについては後で詳しくふれる）。

動詞はどうか。三度くり返される「（〜し）ていた」（詳しくは、助詞「て」＋動詞「い」＋助動詞「た」）は、英語でいえば過去進行形にあたる（「知っていた」はむしろ過去完了ととるべきであろう）。このくり返しが一つのリズムを、しかも切迫した時間の、後もどりできない進行――というより持続のリズムを刻んでいる。「立つ」、「知る」、「見る」という、これまた最もありふれた動詞が、「〜していた」という断定により様々な情緒を切り捨てることで、作品に簡潔で荒けずりな骨格を与えている。それはまたある種の諦念（というより断念）をほのめかすが、同時に乾いた悲劇的《トラジック》な抒情すらただよわせる。さらにつけ加えれば、「立つ」という極めて卑近な動詞は、二度くり返されることで（次の瞬間「倒れる」ことを暗示しながら）ほとんど「生きる」に等しい重みを付与されるように思われる。

逆に、次のように考えることもできよう。この息づまるような、緊迫した情況に、手垢に塗れた、しかし骨太い日常語をそのままぶつける。するとその言葉は雑駁な通俗性を拭い落され、いわば生まれた頃の裸形で「立つ」ことになる。これは、村野の詩法を考えるとき極めて重要な側面であり、同じことが、後で分析する比喩にも認められる。

作詩のときつとめて平易な語を用いようとする態度は、村野自身の強い決意から来ている。『亡羊記』の二年前（一九五七年）に刊行された「一詩人のモノローグ」によれば、

平易な言葉の使用によって、読者に一見それが詩という特殊な文学であるということを意識させないような、そんな普通の文章で詩を書きたいと思っています。(十二)

清岡卓行の評言は、この点について核心にふれている。

詩人の成熟というものが、言葉の量を豊富にすることにあるのではなく、むしろ言葉を変質させて行くこと、余剰な言葉を捨てて行くことにあるという創作の秘密が、そこで見事に示されている。(十三)

もとに戻ろう。「狙われている」という現在形は、欧文脈における時の一致がないだけで、過去における現在である。またこれを含む目的格の名詞節（「知っていた」の連用修飾部）は、後置によって強調されている。しかしこの動詞（「狙われている」）も、主節の動詞（「知っていた」）の過去（完了）に吸収されることに変りはない。「どうす

ることが出来ただろう」は、過去への推測であり、反語的用法であるのは明らか。「彼の棲家である」の助動詞「である」（詳しくは、助動詞「で」＋動詞「ある」）は、付帯状況を示す副詞節（前行の「生きる時間が黄金のように光る」を修飾する）を構成する形容詞節（連体修飾部）の現在。また「生きる」は、「時間」を修飾する動詞の現在で連体形。

つまり、作品の語りは過去（進行）形で進みながら、すべての動詞・助動詞の力線は九行目の動詞「光る」の現在に収斂される。作品が単なる過去の物語、過ぎた情景の回想に終らないように精緻に組み立てられているのである。読者の内部に、現在として、しかも死の寸前の燃焼としてこの一瞬の光景が刻印されること、そのとき同時に、読者に直後の未来（死の谷への転落）を想像させること、これが作者の狙いであった。ただし、最後の二行は作品の力を弱めていないかどうか、意見の分かれるところである。問題は二つあって、一つは、「森の夜」を布置することによって鹿の姿態（＝末期の生命）の輝きを増幅させようとする意図がかなりあからさまに見てとれる点、二つめは、この詩句が生硬な欧文直訳体で、説明的な点——これについては、後に詳しくふれる。

三「すんなり立って」

彼は　すんなり立って
村の方を見ていた

前述したように、「鹿」で私が最も驚嘆するのは「彼は　すんなり立って」の一行である。殊に副詞「すんなり」には作者の全情感がこめられ、この一語によって作品にあやうい均衡とみずみずしい生命感覚、更に微かなエロティシズムが吹きこまれたといえよう。因みにこの場にふさわしい他の修飾語としては、

ほっそり　ひっそり
すっきり　しなやかに
しずかに　さわやかに
すっくと　たおやかに

などが、思いつかれる。そして、鹿の描写としてはこれらの副詞の方が適切かもしれない。ここでの「すんなり」は実際、少し奇妙で、微かな意味上のズレ、というかネジレを含んだ語法である。すなわち、「すんなり」が「ほっそりとしてしなやかな」の意で名詞を形容するときは、「すんなり（と）した（手足）」の形で用いられる。ところがそのまま副詞として働くときは、物事が順調に運ぶこと、あるいは何らかの障害を巧みに、場合によっては（抜け目なく）狡猾にくぐり抜けることを意味する。従ってここでは、ただ単にうら若い（これについては後でふれる）鹿の、すらりとした、しなるような優美な立ち姿を示すに止まらない。生きる上での様々な苦悩、また命を狙われていて、逃れられないことを知っている者の絶望・煩悶から脱け出た放心の極、その内的浄化・昇華をも暗示するのである。逆にいえば、この作品のこの場で、鹿の死の間際の姿を表わすために用いられることにより、「すんなり」に含まれる「巧妙さ」、「狡さ」といった負の影が払拭される。これは村野の技法上の挑戦であり、冒険である。

四　比喩の冒険

この作品の核をなす一行、

生きる時間が黄金のように光る

にも、同じような語法上の冒険が隠されている。大きく分けて、二つある。一つは「黄金のように（光る）」という直喩――これほどありきたりで陳腐な比喩もない。もちろん村野は、それを承知でこの比喩を選んだとみるべきである。「黄金」は直ちに「金貨」や「稔った稲穂」を連想させる。あるいは山上憶良の歌――「銀《しろかね》も　金《くがね》も　玉も　何せむに〔…〕[十五]」が思い出される。若い鹿（「小さい額」、「すんなり立って」は、若い肢体を暗示していよう）の艶やかな毛の色が、落日の光線を浴びて一層まぶしくきらめく様を描出するにしても、余りに常套的で通俗性に堕したこの比喩が、「生きる時間」という抽象度の高い、一つの思想を担った語句と結びつけられることによって、その日常の手垢に汚れた属性が洗い落とされる、といえよう——その全て、ではないとしても。そこに実験への意欲が感じられるのである。また、動詞を「輝く」、「きらめく」、「燃えあがる」などとせず、単純に「光る」とした（この三音節の方が、引きしまったリズムを与えるからでもあろう）ところにも、鹿の最期をより骨太でプリミティヴ（原初的）な、あえていえば神話的な次元に還そうとする作者の意図が読みとれる。

ところで、「黄金（のように）」の読み方であるが、「おうごん」と発音するとリズムが少し間のびする。しかし「こがね」に比べると、空間が大きく膨らむように感じられる。一方、「こがね」は、通俗性が勝るかもしれないが、リズムは引きしまり、〔k〕〔g〕の音が「生きる時間（じかん）が……光（ひか）る」と響き合い、毛並みのきらめきをより強く喚起するように思われる。私はこちらを採りたいが、「おうごん」の力強さ、スケールの大きさも捨てがたい気がする。

次に、二つめの冒険は「生きる時間」という語句にある。一般的にいえば、「生きている（時間）」の方が意味上からも適切かもしれない。ただし、リズムが緩んでしまう。そして、より個別的になる——「生きている」は、「鹿」の現在に限定されるから。また「生きている」に比して、「生きる」にはより主体的・能動的な意志が読みとれる。事実この作品で、鹿は直後に殺されると知りつつその不可避の運命を受け入れ、残る数瞬を「立って」生き抜くと決意しているようにみえる。他方、私たち読者は「今生きている」と同時に「これからも生きてゆく」しかなく、私たちの「生きる」という営為は未来に亙って続くであろう。それ故「生きる時間」は「生きている時間」より少し抽象度が高く、この「時間」は個別性から脱け出して普遍性を増し、人類全体の生にまで拡大されるように思われる。これを仮に「生の時間」とすると、一般性・抽象性が濃くなりすぎ、かつ「生きる」というダイナミックな時間の流れが静止してしまう。

　前述したように、この語句と結びつけられることにより、「黄金のように」という具体的ではあっても月並みな直喩が一種の浄化作用をうけるが、同時に「生きる時間」という眼に見えない、抽象的な語句は具象化され、ある思想性を帯びたまぶしくきらめくイメージ（心像）として私たちの想像力のうちに立ちあらわれる、といえよう。

　ここで、吉野弘のよく知られた作品「I was born」を読み直してみよう。話者である「僕」の「父」は、「生まれてから二、三日で死ぬ」蜉蝣《かげろう》の雌を拡大鏡で見る。

> 説明によると　口は全く退化して食物を摂るに適しない。胃の腑を開いても　入っているのは空気ばかり。見ると　その通りなんだ。ところが　卵だけは腹の中にぎっしり充満していて　ほっそりした胸の方にまで及んでいる。それはまるで　目ま

ぐるしく繰り返される生き死にの悲しみが　咽喉もとまで　こみあげているように見えるのだ。淋しい　光りの粒々だったね。(十六)

本題から少しそれるが、「淋しい　光りの粒々」は、後に「つめたい光りの粒々」に改められる。これは妥当な改作である。この箇所では「悲しみ」、「淋しい」、そして引用のすぐ後で「〈せつなげだね〉」と、主観的な感情の吐露が続く。そこで「淋しい」を、より客観的な感覚に基づく形容詞「つめたい」に変えれば、作品の主観性が抑えられるからである。

ここで村野の表現と比較したいのは、「生き死にの悲しみが　咽喉もとまで　こみあげているよう」という比喩である。言うまでもなくこれは「〔蜉蝣の〕腹の中にぎっしり充満していて　ほっそりした胸の方にまで及んでいる」「卵」の直喩表現である。具体物を抽象的な語「悲しみ」によって比喩するのは、数少ない例の一つであり、「鹿」における「抽象→具象」の直喩とは方向が逆である。しかし、その効果は後者の場合と変わらない。「生き死にの悲しみ」は陳腐な抽象性の高い語句だが、「蜉蝣の卵」と結びつけられて眼に浮かぶ具象性を獲得する。同時に小さな具体物にすぎない卵が、人間のみならず生物全体のもつ悲しみという、普遍的な拡がりと内的深まりを付与されるのである。

＊＊＊

C・D・ルーイスは、詩の働きの根幹を「言語の絶えまなき再創造《つくりなおし》(十七)」perpetual re-creation of language に置く。そして、そのやり方としておよそ次の四つをあげている。

（一）新語の鋳造（ネオロジスム）。
（二）専門語の一般化。
（三）俗語の活用。
（四）日常語の再生。

このなかで、彼が最も大切なものと考えているのは（四）である。

また、いっぱんに通用していた単語を以前とはちがったあたらしい文脈のなかに取り入れて、その単語がかつて顔を合わせたことのないべつの平凡な単語たちに紹介することもできます。それはちょうど親切な一家の主人がお客の席でたがいに見知らぬお客さんをおたがいに紹介して、おたがいに仲よくさせるようなものです。つまり詩はいろんな単語をあたらしく交際させることによってそれらの単語の価値というものをゆたかにすることができます。(十八)

私も、詩を作るとき一番心がけねばならないのは、ごくありふれた言葉同士を、思いがけない新しい組み合わせのなかで衝突させて、もう一度その言葉たちにもとの輝きを取り戻させることであると思う。ルーイスの言い方を借りると、「まるで奇蹟としか思われないような仕かたで、あじもそっけもないものに見えた単語にピカピカ光るつやをあたえる(十九)」In what seems almost a miraculous way, it brightens up words that looked dull and ordinary ことである。この考えは、村野の姿勢にもそのままあてはまるといえよう。

ボードレールもこのことに気づいていた詩人の一人である。

俗っぽい言い回し les locutions vulgaires のなかにある思想の、とてつもない深さ——何世代もの蟻たちがうがった穴。(二〇)

詩人は通俗的な言葉、月並みな表現、常套句のなかにも、深い思想、ながい時の作用の跡を見出す力がなければならない。そうでなければ詩人は、こうした言葉の圧制に屈してしまう。月並みという、底なしの「穴」に呑みこまれてしまう。だからこそ却って、常套句を使いこなすためには、並みはずれた力倆が要るはずである。次のボードレールの一節は、このことを逆説的に示している。

いつも詩人であれ、散文においてさえ。大げさな文体（常套句 le lieu commun ほど美しいものはない）。[一一]

従って、逆に、一人の詩人が、人口に膾炙され、何世代にもわたって伝えられ、いつの間にか常套句になるほどの詩句を作りだすには、天才的な技量を持たねばならない。

月並み un poncif を創造すること、それが天才だ。わたしは月並みを創造せねばならぬ。[一二]

ある意味では既成の言語自体が、日常あたりまえに流通している言葉のすべてが、すでに月並みであるといえるかもしれない。そうした言葉を用いて、未知の、鮮烈な詩の世界を作りだす営為に伴う危険となやましい喜びをよく知っていた村野は、詩を「楽しい拷問の具」（二三）と呼び、「詩を書くことは一種の美しい病気です」（二四）と語る。

五　ハイデッガー「終末への存在」Sein zu Ende

「鹿」に戻ろう。

この作品の世界が平面的な光景にとどまらず、重層的な深みを有しているのは、展開されるドラマの真の主役ともいうべき存在が、この画面のどこかに、あるいは外に隠されていて、しかも画面全体を支配していることによる。巧妙な手法である。この存在ははっきりとは名指されないが、作品の四行目「小さい額が狙われている（のを）」に暗示されている猟師である。これは死（の神）、あるいはその使者の象徴であるといえよう。そして鹿は、生命あるすべての存在の、否もっと照準を狭めて若い生、一言でいえば青春の象徴であろう。この詩空間の上に張り出し、空間全体をつらぬき、その密度をいわば帯電状態のように高めているのが、不可避の死を青春にもたらす狙撃手の視線である。私たち（読者）はこのとき、「（狙われている）鹿」に視線を注ぐと同時に、「鹿」に銃口を向けている狙撃手の視点に私たちの視点を重ねる。更に「鹿」を見ている狙撃手を見ているのである。これが、作品の重層性を形づくっている構造である。

「鹿」のすぐ前に置かれた作品「青春の魚」の主題も、作者自身が「青春と魚を、死の観念によって結んだもの」[二五]と述べているように、《青春の死》であるといえよう。

青春の魚

鰓から血をながして
ひきあげられて来るまでは
あなたは魚ではなかった

もの言いたげな眼が
森や空をうつす　そして
小さな痙攣が
尾やひれを走りぬけると

はじめて死が　あなたを魚くさくした

永劫のかなたから
小さいこえで「魚よ」と呼ばれる
その偏平な形は
いったい何か

やがては木の葉のように
骨の両側にひらかれたが
そこには記憶も言葉もなくて
ごく少量の腐ったものが
花嫁の手を生ぐさくした

釣り上げられたのちに訪れる死によって初めて、その魚としての実在が逆照射され、それまでの生が明確化される（「はじめて死が　あなたを魚くさくした」）という村野の考えが、鮮明に形象化された作品である。彼は自註のなかで次のように述べている。

そのとおり、すべてのものに対して、死だけが確定的なものなのであって、生には実体がない。だが、死によってのみ生が確認されるとは、何という不倖なことであろうか。(二六)

この考えを彼は様々な形でくり返し語っているが、次に引くのが一ばん明快な例である。

人間において、信じえられるものは唯一つしかないということ。望みえられる、しかも確實な一つの事實、それは「死」だけです。人間は日常、自分は死ぬものだ、ということを、どうしてこうも忘れて了っているのでしょう。

この人間に許された確定的で唯一つのものを感じ、そしてそれを知ることが、逆に「生」の形をしろうとする唯一つの手懸りでしょう。(二七)

続けて、作品「秋の犬」(『實在の岸邊』所収)にふれ、ハイデッガーの実存主義に基づく存在論を思い出しながら、「私の詩には、このように Sein zu Ende (終末への存在)

を基調とする考え方がながれています」[二八]と述べる。

こうした考えは、「鹿」にもあてはまるが、「青春の魚」の構造も、「鹿」のそれに類似している。終行に初めて登場する「花嫁」が、「鹿」における猟師の役割りを果たすと考えられる。この場合、俎板にのせられたとき、「魚」が既に死んでいるか、まだ生きているかは問題ではない。「魚」すなわち「（花婿の）青春」に確定的な死をもたらし、そのことで逆に、葬られたこれまでの生きてきた時間に形を与えるのが、庖丁をもつ「花嫁」（＝死刑執行人）の役割である。「永劫のかなたから／小さいこえで「魚よ」と呼」びかけるのは、村野自身がいうように「造物主、あるいは神」[二九]であろうが、それはまた「魚」に死を宿命づけた超越的存在でもあろう。

この「花嫁」は、他の作品では厨房の主婦として現れる。それは「痩せた息子に」「霊魂を食べて　ふとるのよ」、「ベーコンを食べて　ふとるのよ」という「母親」（「霊魂の朝」[三〇]）であり、次の引用詩[三一]における「夫人」である。

鎮魂歌

夫人は　まいにち

腸詰を切る
たくさんの子どもたちのために

腸のあたらしい断面
死とは
破綻でも終末でもない
ふとした生の
一つの切り口にすぎない

そして生とは　また
死によってあらわにされた
血の記憶
おぼろげな肉の模様だろう

よるべないたましいよ
冥府などはない

すべては厨房内の出来事である

村野にとっての神については、別の機会に詳しく論じなければならないが、ここでの「厨房」とは、「現世」・「この世」のことである。「神」や「永遠の生」を信じない村野にとって、「来世」・「あの世」も、「天国」も、従って「地獄」・「冥府」も存在しない。彼が唯一信じられる存在は、地上における実在、死によってのみその生が確認される実在だけである。この作品における「腸詰」は、人間の生、あるいは生きとし生けるものすべての生の時間の暗喩である。その「腸詰」を「まいにち」「切る」――すなわちこれに死をもたらす「夫人」は、「鹿」の猟師や「青春の魚」の花嫁に似た存在であるといえよう。

「清春の魚」に戻って考察を進めよう。「魚」を捌くとき、「花嫁」は傷つかない。「魚」は己の腐臭（「ごく少量の腐ったもの」）によって、料理人の手を一《いっ》とき「生ぐさく」するだけの存在でしかない。その臭い（＝小さな抵抗、あるいは生きて、実在していたことの証）もやがては洗い落とされ、非情な料理人は新しい獲物を待つだけである。

死の神の象徴が、やはり料理人として現れる作品に「さんたんたる鮟鱇(三二)」（『抽象の城』）がある。

顎を　むざんに引っかけられ
逆さに吊りさげられた
うすい膜の中の
くったりした死
これは　いかなるもののなれの果だ

見なれない手が寄ってきて
切りさいなみ　削りとり
だんだん稀薄になっていく　この実在
しまいには　うすい膜も切りさられ
もう　鮟鱇はどこにも無い
惨劇は終っている

なんにも残らない廂から
まだ　ぶら下がっているのは

大きく曲った鉄の鉤だけだ

この作品が「人間存在と鮟鱇との隠喩の関係において成りたっている」（三三）（村野）ことは、いうまでもない。この「見なれない手」は、鮟鱇を売る魚屋か料理人、あるいはこれを深海から引きあげた漁師を暗示していよう。このような「手」に、鹿も魚も、私たち人間もからめとられ、逃れようもなく支配されている——これは村野の主要なテーマの一つである。

六「大きい森の夜」

最終行に、「小さい額」と対応して現れる「大きい森の夜」とは何だろう。この夜を迎えた森には、彼の恋人、もしくは若妻や家族を交えた一族の塒がある。「夜」は、冷たく暗い死と同時に、彼や両親の愛の営みを包んでいた闇、さらには子宮の闇を想起させる。つまり「森の夜」は、若い鹿がかつて生命をうけ、いま死にゆく闇の空間なのだ。

八行目の、彼が見ている「村」は、古い昔から続く生の流れを暗示していよう。一日の終り、村人が団欒を迎える時、現代では殆ど見かけない、夕煙の立ちのぼるおだやかな田園風景が想像される。それは、鹿の死後もくり返されるであろう生の営みを象徴している。

最終の二行——

彼の棲家である
大きい森の夜を背景にして

にも、村野の実験意識がみられる。すでに、二度くり返される「彼は」と、「彼に」、「彼の」という代名詞が、伝統的な和文にはない、欧文調の生硬さを詩全体に与えていたのであるが、この二行の、欧文の関係詞節を後から直訳したような語調は、ある種の不器用さ、ぎこちなさと同時に、作者のつき放したような冷めた視線を感じさせる。これも意図されたものに違いない。「生きる時間が黄金のように光る」で最高潮に達した場景が、急速に額縁で囲まれるように感じられる。「背景にして」という語句にはことさら、この鹿の射殺直前の緊迫した光景を、舞台の一場面、もしくは一枚の絵画《タブロー》として凍結させようとする作者の意図が読みとれる。この作品は、もしかして一枚の絵か写真を見て作られたのではないか、と思わせるゆえんである。また、この詩行の生硬な、少々わざとらしい語調は、鹿の若さ、武骨な未熟さに呼応する――あるいはむしろ、それを強調するかのようだ。このことが、この詩世界の美を完成させるのに役立っているかどうかは、別問題である。私には、この表現によって、余りに静止した、古典的すぎる絵画が出来あがり、ここまでの躍動的な描写の流れがさえぎられるように思われる――つまりきっちりとまとめすぎているように思われるのだが、どうであろうか。

おわりに

これまで村野の詩的冒険、あるいは実験について語ってきたが、彼自身つよくそれを意識していたのは確かである。その意識が、彼の技法上の工夫、技巧の錬磨と密に結びついていたことはいうまでもない。

このようにして、私の理念は私の詩の探求といっしょに、どこまでもつづいていくでしょう。初めて詩にとらわれた少年期から、いま鬢に白銀の光をおく今日までの永い詩人としての生涯の間、私の理念には多くの變轉と曲折はありましたが、結局私は、詩をもって「藝」の術として考える、その考え方においては終始變ることがありませんでした。(三四)

〔……〕

私はあくまでも、前人未踏の詩的美の世界を求めて、これからも永く彷徨をつづけることでしょう。しかし前にもいったように、おそらくこれでよいと思う詩は永久に私には訪れないでしょう。

こうして私のもつ、小さい一つの脳髄の中で、實驗から實驗へと燃えつづける詩の火は、やがて武藏野に眠る私の父のように、その上に墓石を置かれるまで、おそらく消えさることはないでしょう。(三五)

引用が長くなったが、「詩をもって「藝」の術として考える」村野の根本的な考え方と、その技倆を絶えず高めて、より完璧な「藝」の表現に到達するために彼が重ねる言葉の実験への執念（「實驗から實驗へと燃えつづける詩の火」）は、結局のところ一つのもの、すなわち「前人未踏の詩的美の世界」への飽くことのない憧憬に収斂すると考えられる。

本稿を書くにあたり、『村野四郎全詩集』(筑摩書房、昭和四十三年十二月)を底本としたが、『亡羊記』は、政治公論社『無限』編集部、昭和三十四年十一月発行の初版本、『蒼白な紀行』も、思潮社、昭和三十八年二月発行の初版本によった。書名のない引用は、すべて底本による。

註

(一)『現代日本名詩集大成』9、創元社、昭和三十六年二月、二九三頁。
(二)村野四郎『鑑賞現代詩』3・「昭和」、筑摩書房、昭和三十九年五月(三版)、二三五頁。
(三)十九頁。
(四)安西均『戦後の詩』、社会思想社、昭和三十七年十一月、三六六頁。
(五)室生犀星「現代詩の一頂点」、讀売新聞、昭和三十五年一月二十五日。
(六)伊藤信吉『村野四郎詩集』、新潮社、一九六一、「解説」。
(七)村野、前掲書、二四六頁。
(八)日本現代詩人会『詩をどう書くか』・現代詩作詩講座I、社会思想社、昭和四十五年六月、一九〇頁。

（九）同書、三五頁。

（十）『詩の技法』・現代詩講座2、創元社、昭和二十五年七月（再版）、十八頁。

（十一）同書、三五頁。

（十二）六一六頁。

（十三）村野、前掲書（註二）、一三五頁。

（十四）村野自身この詩について、「虚脱的時間」、「戦慄的な恍惚状態」、「そういった生きるもののもつ恐怖とも憧れともつかない微かな心理」と述べた後、問題の二行にふれ、「この放心の状態も、「無」にはいるときの姿勢なのである」と自註を記している（同書、二四五頁）。

（十五）新潮日本古典集成『萬葉集　二』、「巻第五」八〇二・反歌、新潮社、昭和五十三年十一月、五二頁。

（十六）『吉野弘詩集』、青土社、一九八二年二月（再版）、六九頁。

（十七）Cecil Day Lewis, *Poetry for You*, Basil Blackwell & Mott Ltd., London, 1944. 深瀬基寛訳『詩を読む若き人々のために』、筑摩書房、昭和三十一年四月（六版）、二一頁。

（十八）同訳書、二〇―二一頁。

（十九）同訳書、二〇頁。

（二〇）プレイヤード叢書『ボードレール全集』Ⅰ（Baudelaire, ***Œuvres complètes, I***, Bibliothèque de la Pléiade, nrf, Gallimard）、一九七五年十一月、六五〇頁。

（二一）同書、六七〇頁。

（二二）同書、六六二頁。

（二三）村野『現代詩讀本』、河出新書、昭和二十九年六月、一七六頁。
（二四）同上。
（二五）村野、前掲書（註二）、二四四頁。
（二六）同書、二四三頁。
（二七）村野、前掲書（註二三）、二〇一－二〇二頁。
（二八）同書、二〇二－二〇三頁。
（二九）村野、前掲書（註二）、二四三頁。
（三〇）三九－四〇頁。
（三一）十二－十三頁。
（三二）一六七－一六八頁。
（三三）村野、前掲書（註二）、二三八頁。
（三四）村野、前掲書（註二三）、二〇五頁。
（三五）同書、二〇六頁。

Ⅳ『風立ちぬ』小論

――「生と死との絨毯」――

はじめに

「序曲」、「春」、「風立ちぬ」、「冬」、「死のかげの谷」の五部で構成される『風立ちぬ』が、女主人公「節子」のための「鎮魂曲」として書かれたことは、諸家の指摘を待つまでもない。例えば「死のかげの谷」の、「十二月十七日」および「十二月十八日」の、話者による手記をみれば、そのことは明らかである。周知のようにそこには、リルケ Rainer Maria Rilke（一八七五－一九二六）の「レクイエム」*Requiem*（一九〇九）が話者の手で訳出されているが、ここで初めて「鎮魂」という概念が持ち出され、また同時に話者の、死者（婚約者であった節子）に対するあり方に、一つの心理的な、そして創作上の転回点が生じているからである。

けふも一日中、私は煖爐の傍らで暮らしながら、ときどき思ひ出したやうに窓ぎはに行つて雪の谷をうつけたやうに見やつては、又すぐに煖爐に戻つて來て、リルケの「レクヰエム」に向つてゐた。未だにお前を靜かに死なせておかうとはせずに、お前を求めてやまなかつた、自分の女々しい心に何か後悔に似たものをはげしく感じながら……

「お前を求めてやまな」い、「自分の女々しい心」を戒め、「お前を静かに死なせておかうと」する決意(「十二月十七日」の手記。以下、日付のみ示す)は、翌十八日に訳出される同じ「レクイエム」の次の数行に呼応する。

帰つて入らつしやるな。さうしてもしお前に我慢できたら、死者達の間に死んでお出《いで》。死者にもたんと仕事はある。
〔……〕

このような、死者は死者の国に止まってほしいという、亡き婚約者への要請の裏には、死者の助力なしでも生きてゆけるとする話者の、自立への確信の芽が読みとれよう。ここに、「私」(=話者)の内面における鎮魂への準備は一応の完結をみるのであるが、果たして「私」はどのようにしてこの決意に辿り着いたのか、その過程があらためて問われねばならない。

一　幻影

「私」の鎮魂の営為を辿るまえに、亡き「節子」が実際に死者の国から「私」の身辺へ「帰つて來た」事実を確かめておきたい。「十二月十七日」の手記に記される、リルケの「レクイエム」の詩行を借りれば、

〔……〕只お前――お前だけは歸つて
來た。お前は私を掠め、まはりをさ迷ひ、何物かに
衝《つ》き當る、そしてそれがお前のために音を立てて、
お前を裏切るのだ。〔……〕

この詩では、「お前」（＝死者）が、自らの意志で生者の国へ立ち戻って来るのだが、亡き「節子」は、大抵の場合、「私」の「女々しい」態度を憂えて戻って来るようである。言いかえれば、死者を呼び戻すのは「私」の弱さなのだ。

「おい、來て御覽、雉子が來てゐるぞ」

私は恰もお前が小屋の中に居でもするかのやうに想像して、聲を低めてさう一人ごちながら、ぢつと息をつめてその雉子を見守つてゐた。お前がうつかり足音でも立てはしまいかと、それまで氣づかひながら……。〔……〕そのとき殆ど同時に、私は自分のすぐ傍に立つたまま、お前がさういふ時の癖で、何も言はずに、ただ大きく目を瞠《みは》りながら私をぢつと見つめてゐるのを、苦しいほどまざまざと感じた。

（「十二月五日」）

この死者の幻影の実在を信じよう。「私」の呼びかけ（「おい、來て御覽、〔……〕」）に応えて、「節子」は生者の国へ帰って来ざるを得ない——死者の国に止まっていることができないのだ。

「私」の幻視は、特に「私」の気分が不安定で苛立っているときに起るようである。「十二月十日」の項では、「朝なんぞ、煖爐に一度組み立てた薪がなかなか燃えつかず、しまひに私は焦れつたくなつて、それを荒あらしく引つ掻きまはさうとする。そんなときだけ、ふいと自分の傍らに氣づかはしさうにしてゐるお前を感じる」と記される。また、「十二月十三日、日曜日」の項には、次のように描かれている。

さうしてはあはあと息を切らしながら、思はずヴエランダの床板に腰を下ろしてゐると、そのとき不意とそんなむしやくしやした私に寄り添つてくるお前が感じられた。が、私はそれにも知らん顔をして、ぼんやりと頬杖をついてゐた。その癖、さういふお前をこれまでになく生き生きと――まるでお前の手が私の肩にさはつてゐはしまいかと思はれる位、生き生きと感じながら……

これは、触覚に根ざす幻覚とみなされようが、他の場所では、幻聴があらわれる。

集會堂の傍らの、冬枯れた林の中で、私は突然二聲ばかり郭公の啼きつづけたのを聞いたやうな氣がした。その啼き聲はひどく遠くでしたやうにも、又ひどく近くでしたやうにも思はれて、それが私をそこいらの枯藪の中だの、枯木の上だの、空ざまを見まはせさせたが、それつきりその啼き聲は聞えなかつた。

それは矢張りどうも自分の聞き違へだつたやうに私にも思はれて來た。

（「十二月七日」）

「聞き違へだつたやうに」思うのは、後の反省に他ならず、「私」は、そこいら中を見まわすほど、確かに郭公の声を聞いたのだと信じてもよい。

さらにこの郭公の啼き声に、亡き「節子」の幻影をみてもよい。だがそれよりも、この幻聴に「私」の、来るべき春――復活、生命の蘇り――への切実な希求を読みとるべきであろう。しかし、次の幻聴は、おそらく「節子」の現前を暗示している。

私はなんだか急に心細さうに雪を分けながら、それでも構はずにずんずん自分の小屋のありさうな方へ林を突切つて來たが、そのうちにいつからともなく私は自分の背後に確かに自分のではない、もう一つの足音がするやうな氣がし出してゐた。それはしかし殆どあるかないか位の足音だつた……

（「十二月十八日」）

このような、幻覚による死者との交渉を経た後に、既に述べたような死者への訣別の呼びかけ（「歸つて入らつしやるな〔……〕」）が記されるのである。なお、この鎮魂の決意に至るまでの「私」の彷徨のあいだに、註文しておいたリルケの「レクイエム」がなかなか届かなかったことについて、話者がことさら入念な説明を加えているのは、意味深いと言わねばならない。この「遅延」が、「私」には必要だったのだ。

一時間ばかりさうやつて神父のところに居てから、私が小屋に歸つて見ると、小さな小包みが屆いてゐた。ずつと前から註文してあつたリルケの「鎭魂歌」が二三册の本と一しよに、いろんな附箋がつけられて、方々へ廻送されながら、やつとの事でいま私の許に屆いたのだつた。

（「十二月十四日」）

二　死への接近

亡くなった婚約者を、死者の国へ帰すという、リルケ独得の思想に基づく「私」の鎮魂の営みは、どのように行われたのか。ここで強調しておきたいのは、逆説的ではあるが、「生者」と「死者」が截然と切り離されることで、かえって「生者」と「死者」の結び付きが強まるという考えである。死者はその固有の仕事に専念し、生者はいたずらに死者の助力を求めず、その生が運命の枠組みを超えて拡がるような営為に生命を燃焼させるとき、生きている「私」と、死んだ「お前」（＝節子）との間に、真の合一が生まれ、そこに「死のかげの谷」が「幸福の谷」（「一九三六年十二月一日　K・・村にて」。強調は作者）に変わる契機がひそむことになる。この考えが成り立つためには、死者の国が、生者の国と同等か、それ以上の実在性を有する必要があろう。リルケの「レクイエム」においては、その冒頭から、「死の国こそ実在の世界であるという前提がはっきり出され[一]」、「死の世界を実在の世界と同一のものとする考え方[二]」が展開される。その上で、死者は、生者の国に未練を持たず、死の国で死者としての勤めを果たしてこそ（「死者にもたんと仕事はある」）、地上の「私」を支えることができるという考えが示される。

〔……〕死者にもたんと仕事はある。
けれども私に助力はしておくれ、お前の氣を散らさない程度で、
屢々遠くのものが私に助力をしてくれるやうに――私の裡で。
（「十二月十八日」）

　このような、いわば死者の突き放しに辿り着くまでに、幻覚による死者の現前がみられることについては既にふれたが、引用詩の直前に、次のような記述がある。少し長くなるが、

漸く雪が歇んだので、私はかういふ時だとばかり、まだ行つたことのない裏の林を、奥へ奥へとはひつて行つて見た。ときどき何處かの木からどおつと音を立ててひとりでに崩れる雪の飛沫を浴びながら、私はさも面白さうに林から林へと抜けて行つた。勿論、誰もまだ歩いた跡なんぞはなく、唯、ところどころに兎がそこいら中を跳ねまはつたらしい跡が一めんに附いてゐるきりだつた。又、どうかすると雉子の足跡のやうなものがすうつと道を横切つてゐた……

しかし何處まで行つても、その林は盡きず、それにまた雪雲らしいものがその林の上に擴がり出してきたので、私はそれ以上奥へはひることを斷念して途中から引つ返して來た。が、どうも道を間違へたらしく、いつのまにか私は自分自身の足跡をも見失つてゐた。私はなんだか急に心細さうに雪を分けながら、それでも構はずにずんずん自分の小屋のありさうな方へ林を突切つて來たが、そのうちにいつからともなく私は自分の背後に確かに自分のではない、もう一つの足音がするやうな氣がし出してゐた。それはしかし殆どあるかないか位の足音だつた……

（「十二月十八日」）

ここに現れる小動物の足跡は、雪に覆われて圧殺されたかにみえるが、やがて春とともに地上へ迸り出るはずの、隠された生命のぬくもりを暗示することは言うまでもない。

少し脇道にそれるが、雪上の足跡という主題(三)はよほど堀の気に入ったらしく、彼はくり返しこのイメージを用いている。「死のかげの谷」の冒頭では、「雪の上になんだか得體の知れない足跡が一ぱい殘つて」おり、「私」は山小屋の世話をする若い娘の「小さな弟からこれは兎これは栗鼠、それからこれは雉子と」教えられる。同様の記述は『雉子日記』に、さらに『雪の上の足跡』にもみられる。後者においては、対話の「主」に向かって「学生」が、立原道造には「深い雪の底に夏の日に咲いてゐた花がそのまま隠れてゐるやうな氣がしたり、蝶の飛んでゐる幻を見たりする」(四)詩があったと語る。ここで雪の世界は明らかに生命とは対蹠的な、冷たい死の世界とみなされている。少し後で、「主」は、「兎のやつのは、そこいら中を無茶苦茶に跳びまはると見え、足跡も一めんに入りみだれてゐるが、狐のやつのは、いつもかう一すぢにすうつとついてゐる。そしてそのまま林の奥にほそぼそと消えてゐたり」(五)と語る。引用の記述との類似は明らかである。

さて、彼自身も病身と思われる話者が、「まだ行つたことのない」雪の林を「奥へ奥へと」深く入りこむことは、自らに死の危険を招く行為である。しかしそれは同時に、死者の間にいる「節子」に近づく行為でもある。むろんこの死への接近は、この場合、擬似行為でしかあり得ず、「私」は「途中から引っ返」すことになる（もし「私」という話者が死を迎えれば、物語の成立は不可能になる）。それでも「私」は「道を間違へたらしく」、雪の中の彷徨はさらに延長される。それが「節子」のものらしい足音の幻聴を許すことになる（ただし、「節子」の足音と断定する条件はどこにもない。むしろ、死への近接が「私」に生命を渇望させ、その渇望が生命存在を暗示する幻聴を生み出したとみなすこともできよう）。

三　演劇性

以上のような死への接近は、物語の中では、先述したように、やがて確実に訪れる真の死への道程をあらかじめなぞる、一種の擬似行為でしかないだろう。雪の林での彷徨が、どこか演技を思わせる所以である。このことは、引用文における語法にも表れている。

ときどき何處かの木からどおつと音を立ててひとりでに崩れる雪の飛沫を浴びながら、私はさも面白さうに林から林へと抜けて行つた。〔……〕

私はなんだか急に心細さうに雪を分けながら、それでも構はずにずんずん自分の小屋のありさうな方へ林を突切つて來たが〔……〕

『風立ちぬ』に限らず、他の作品にも頻出する助動詞「〜のような」、「〜のように」、あるいは「〜そうな」、「〜そうに」についていえば、そこには堀独得の用法があり、総合的に考察されねばならない。しかしここでは、その一面だけの指摘にとどめたい。すなわち、「私はさも面白さうに」、「私はなんだか急に心細さうに」の場合である。これは単なる不確かな断定ではなくて、見かけからの類推あるいは判断を示す用法である。しかし少し奇妙なのは、「私」からみれば「私」自身の内面は「面白い」か、「心細い」か確定できるはずなのに、それがまるで他者の内面を外からながめて推測しているように表現されていることである。つまり、「私」は、「私」自身との間に距離を置き、「私」自身をまるで他者のように眺めながら行動しているかにみえる。その結果、「私」の言動が、演劇的な様相を帯びてくるのは当然と言わねばならない。たとえば『菜穂子』の「一」にも、これに似た箇所がある。

明はそれからその二人とは反對の方向へ、なぜ自分だけがそつちへ向つて歩いて行かなければならないのか急に分からなくなりでもしたかのやうに、全然氣がすすまぬやうに歩いて行つた。かうして人込みの中を歩いてゐるのが、突然何んの意味も無くなつてしまつたかのようだつた。(六)

この作品では、「私」が話者である『風立ちぬ』と違って明と話者は別人であり、三人称で描かれる明の動作に演技性は認められない。だが、自分の行為の理由が「急に分からなくなり」、「全然氣がすすまぬ」まま歩いていき、それが、「何んの意味も無くなつてしまつた」ことは彼自身が実感しているはずであり、そのことを推測で表現する必要はない。従って、彼の動作を「急に分からなくなり、全然気がすすまぬ様子で歩いて行った」と描写しても不都合は生じない。しかし作者がそれをせず、「ように」、「ようだ」を多用するのは、明の優柔不断な性格を際立たせるためであろう。

『風立ちぬ』に戻ろう。前述の演劇的要素を強めているものに、死者との対話があることは言うまでもない。既にふれた例はその典型的なものである。

「おい、來て御覽、雉子が來てゐるぞ」

私は恰もお前が小屋の中に居でもするかのやうに想像して、聲を低めてさう一人ごちながら、ぢつと息をつめてその雉子を見守つてゐた。

（「十二月五日」）

同様な例をあげてみよう。

「さうしてこれまでは、おれの小屋の明りがこんな下の方の林の中にまで射し込んでゐようなどとはちつとも氣がつかずに。御覽……」と私は自分自身に向つて言ふやうに、「ほら、あつちにもこつちにも、殆どこの谷ぢゆうを掩ふやうに、雪の上に點々と小さな光の散らばつてゐるのは、どれもみんなおれの小屋の明りなのだからな。……」

（「十二月二十四日」）

付言するなら、ここでの「自分自身に向つて言ふやうに」の働きは、自己の他者化であると同時に、「お前」（＝死者の節子）も聞手であることを暗示しているとも受取ることができる。言いかえれば、対話の相手である「自分自身」の曖昧化であり、そのことにより、主体（「私」）と客体（「お前」）の境界、生者と死者の境界も曖昧になってくる。それはまた、「私」と「お前」が分かちがたく一体化したことを示しているのかもしれない。

＊＊＊

死への接近はまた、「死のかげの谷」では愛する他者（その相手が死者であっても）との融合を希求する行為でもある。他者との合一を目ざす行為は、見方によっては役者が劇中の人物に自己を同化させる努力に似ていると言えよう。愛し合う者同士の場合、それは、互いに相手のために自己の存在を没却して一つに融け合おうとすることにより、「二人の人間がその餘りにも短い一生の間をどれだけお互に幸福にさせ合へるか」(七)（「十月二十七日」）という命題を解決しようとする模索に他ならない。「私」が「節子」と同じサナトリウムで一緒に闘病生活を営むこと自体、既にその試みであるが、実際に二人の言動は、互いに互いを模倣し合う演技の様相を帯びてくるように思われる。「風立ちぬ」の章で、二人がサナトリウムに着いた晩、「彼女はベッドに寝たまま、私の顔を訴へるやうに見上げて、それを私に言はせまいとするやうに、口へ指をあてた」[八]のであるが、その翌朝、「彼女が何か打ち明けにくいやうなことを無理に言ひ出さうとしてゐるらしいのを覺」ると、「今度は私が、彼女の方を振り向きながら、それを言はせないやうに、口へ指をあてる」[九]のである。

また、「或る夕暮、私はバルコンから、そして節子はベッドの上から、同じやうに」あたりの風景を「うつとりとして眺めてゐた」とき、

〔……〕私は不意になんだか、かうやつてうつとりとそれに見入つてゐるのが自分であるやうな自分でないやうな、變に茫漠とした、取りとめのない、そしてそれが何んとなく苦しいやうな感じさへして來た。そのとき私は自分の背後で深い息のやうなものを聞いたやうな氣がした。が、それがまた自分のだつたやうな氣もされた。私はそれを確かめでもするやうに、彼女の方を振り向いた。[十]

このような「私」と「節子」の混同は、それが深まってくると、相互に浸透し合い、「自」と「他」の区別は薄れてきて、さらには「外部」と「内部」の区別さえ消滅するに至る。この到達点を、「私」は、単なる思いつきとせず、「思想」と名づける。

そのとき、突然、私の頭の中を一つの思想がよぎつた。〔……〕
「さうだ、おれはどうしてそいつに氣がつかなかつたのだらう？　あのとき自然なんぞをあんなに美しいと思つたのはおれぢやないのだ。それはおれ達だつたのだ。まあ言つて見れば、節子の魂がおれの眼を通して、そしてただおれの流儀で、夢みてゐたただけなのだ。〔……〕」(十一)

これは、他者（客体）が「私」（主体）の存在に、いわばのり移り、「私」に同化した状態に他ならない。

別のとき、「私」が「節子」に同化し、二つの存在の一体化がほぼ完璧に果たされる。「私」が枕元で、「彼女の眠つてゐるのを見守つてゐる」とき、

私は彼女が眠りながら呼吸を速くしたり弛くしたりする變化を苦しいほどはつきりと感じるのだつた。私は彼女と心臓の鼓動をさへ共にした。(十二)

根源的な生命活動（「鼓動」）のリズムの共鳴による他者との合一。次の場面は何度読

んでも胸をうたれるので、少し長くなるが引用してみよう。「ときどき輕い呼吸困難が彼女を襲ふ」が、彼女は「そんな時、手をすこし痙攣させながら咽のところまで持つて行つてそれを抑へるやうな手つきをする」(十三)——

そんな晩など、自分もいつまでも寢つかれずにゐるやうなことがあると、私はそれが癖にでもなつたやうに、自分でも知らずに、手を咽に近づけながらそれを抑へるやうな手つきを眞似たりしてゐる。そしてそれに氣がついたあとで、それからやつと私は本當の呼吸困難を感じたりする。が、それは私にはむしろ快いものでさへあつた。(十四)

愛する他者の仕種を摸倣することによって「私」は、その他者の味わっている苦痛や快楽を共有する、と言うだけでは足りない。「私」は、無意識のうちに行えるまでに反復・習慣化している摸倣の仕種によって、愛する他者の肉体的苦痛を、自己の肉体に現出させ、これを確かに知覚する。このとき、「節子」になり切った「私」が、彼女の苦しみを自分のことのように味わっているのか、それとも「節子」が「私」にのり移って、今や彼女のものか「私」のものか分からない病苦に悩んでいるのか、——どちらとも確定できない。これは、演技の理想的な到達点を示していると言えないだろうか。

しかし、ここで注意せねばならないのは、上に述べたような「私」と「節子」の合一は専ら「私」の視点から見られたものであって、「節子」が「私」との合一を同じように知覚したかどうかははっきりしない、という事実である。「私」はその事を信じ込んでいるが、「節子」の視点からの判断はむしろ等閑視されていると言わねばならない。ここには、「私」の独善性が潜んでいるのではあるまいか。この作品の弱点の一つ——主観性と感傷性——は、このことに由来すると考えられる。

先に、「節子」の呼吸困難を見守る「私」が彼女と心臓の鼓動を共にする場面を引いたが、その少し後に次のような記述がある。


〔……〕そんな苦しげな狀態はやがて過ぎ、あとに弛緩狀態がやつて來る。さうすると、私も思はずほつとしながら、いま彼女の息づいてゐる靜かな呼吸に自分までが一種の快感さへ覺へる。(十五)

苦痛を脱した後に彼女が感じているのと同じような快楽を「私」も感じる——このことの意味は、「私」が一人になって彼女の呼吸困難を抑える仕種を真似た後、本当の呼

吸困難が「私」に訪れる場面（引用十四）での、

が、それは私にはむしろ快いものでさへあつた。(十六)

という記述の意味とは、微妙に異なっている。つまり後者では、「私」が彼女と同じように呼吸困難を感じる、そのことが「私」にとって快感であり、苦痛が弛んだ後に彼女と共有する快感とは別のものだからである。ここには、愛する他者に、一種の演技を通じて同化し得たことへの自己満足が認められる、と言ったら言い過ぎだろうか。いずれにしろこの「私」の独善性は、二つの存在の真の融合の限界を、はからずも示していると思われる。

＊＊＊

『風立ちぬ』の演劇的性格について語るとき、忘れてならないのは、この作品全体の成立の基盤にかかわる構造の問題である。まずこの作品の物語の展開は、「私」（＝作家）が同時進行の形で書き記している「私達の生の幸福を主題にした物語」（「十一月二日」）、「私達の幸福の物語」（「十一月十七日」）の「ノオト」と深く関わっている。とはいえ、この「ノオト」の内容と、私たち読者の読んでいる物語のそれとが一致しているとは必ずしも言えないようである。

私はこれまで書いて來たノオトをすつかり讀みかへして見た。私の意圖したところは、これならまあどうやら自分を滿足させる程度には書けてゐるやうに思えた。が、それとは別に、私はそれを讀み續けてゐる自分自身の裡に、その物語の主題をなしてゐる私達自身の「幸福」をもう完全には味はへさうもなくなつてゐる、本當に思ひがけない不安さうな私の姿を見出しはじめてゐた。さうして私の考へはいつかその物語そのものを離れ出してゐた。（「十一月二十日」）

二つのことを指摘しておかなければならない。一つは、「ノオト」の物語から離れた「私の考へ」も、引用の手記のうちに書き記されていて、それも私たちの読んでいる作品『風立ちぬ』の物語の構成要素となっていること。二つ目は、「ノオト」の物語そのものも、作家の「私」が以前に育んでいた夢想に基づいているという事実である。さらに、「さういふ自分の數年前の夢」（「十一月十日」）は、「自分の小さい時から失はずにゐる甘美な人生へのかぎりない夢」（同上）が原型をなしていることも付け加えておきたい。「私」の（この作品の現在としての）今の山での生活は、この夢想の筋書きの実現に他ならない。その夢想（「風立ちぬ」の章で既にふれられている）のなかで、「私はかじかんだ手をして、しかし、さも愉しさうに、いま自分達がさうやつて暮してゐる山の生活をそつくりそのまま書き取つてゐる」（同上）——つまり、既に描かれていたシナリオに沿って演じられている現在が、『風立ちぬ』という作品の現在なのである。

この重層的な物語の構造がもつ意味については、あらためて考察されねばならない。これにより、作家が物語を書くことの意味、そのことが、登場人物でもある「私」と「他者」（ここでは「節子」や彼女の「父」）に及ぼす影響、作家としての「私」の独善性、あるいは残酷性、既視感 déjà-vu の問題などが明らかになろう。『風立ちぬ』が単なる私小説の域を脱しているのも、この構造のおかげであろう。いずれにせよこの問題は、作品成立の基底を問うことに他ならず、文学の根源にも関わってくることは言うまでもない。

四　振り向くオルペウス

ここで、「私」が最も頻繁にくり返す仕種の一つ、「振り向く」ことの意味について考えておきたい。実際、「私」にとって、「振り向く」か「振り向かない」かという、小さな動作が持つ意味の重要性は極めて大きいと言わねばならない。死に向かって急速に傾斜してゆく婚約者のすぐ身近で暮らしている「私」の、この一瞬の動作のあいだに、彼女の病勢はどんなに変わっているか、いつその生命が永遠に失われるか、予測できないからである。

先に引いた雪の林での幻聴の場面（十二月十八日）でも、この仕種がみられた。

それはしかし殆どあるかないか位の足音だつた……

私はそれを一度も振り向かうとはしないで[十七]、ずんずん林を下りて行つた。さうして私は何か胸をしめつけられるやうな氣持になりながら、きのふ讀み畢へたリルケの「レクヰエム」の最後の數行が自分の口を衝いて出るがままに任せてゐた。

なぜ「私」は、この（亡くなった「節子」のものかもしれぬ）足音に「一度も振り向かうとはしない」のであろうか。ここには、ギリシャ神話以来くり返し語り継がれてきた、オルペウスの冥府下りの物語が隠されているのではなかろうか。

詩人で竪琴の名手オルペウスの妻エウリュディケは、婚姻ののち程なく毒蛇に噛まれて死に、タルタロス（冥府）へ落とされる。オルペウスは地下のその闇の国へ降りてゆき、死者たちの王ハデスと女王ペルセポネを嘆きの歌で説得し、エウリュディケを地上の生者の国へ連れ戻す許しを得る――ただし、彼女がそこに着くまで決して振り返らないという約束で。しかし本当に妻がついて来ているかどうか、不安の極に達したオルペウスはあと一歩の所で振り返ったために、彼女は再び、そして永久に冥府へ落とされてしまう。

中西進によれば、古代日本でも後ろを振り向くこと、振り返って見ることは軽蔑や呪詛を表す行為であり、もし死の国の住人を振り向いて見たら「死の国にとりこめられてしまう」ことになる。イザナキとイザナミの黄泉の国での物語をオルペウスの冥府下りと比較しながら、彼は次のように述べる。

この話（＝オルペウス神話）は、イザナキの遁走神話とよく似ていますし、ふりむくことが不吉という当面の話題に関しても、洋の東西に区別はなかったことが、よくわかります。オルフェウスがふりかえることは妻にのろいをかけたことになってしまいます。のろわれた妻は、〔再び〕死ぬしかないでしょう。

ふりかえることは、それほどに、ときとして呪詛にみちた行為であり、ときとして不幸を自分にも他人にももたらすものだと考えられていたようです。(十八)

ふたつの神話にならって言えば、「私」が振り向こうとしなかったのは、「節子」が死者の国へ戻されてしまうことを怖れたためと考えられよう。（雪の林の奥深く入り込み、道に迷う行為が、死の世界への接近〔一種の冥府下り〕に他ならないことは既に指摘した通りである。）ただ「節子」はエウリュディケとは異なり、永久に冥府へ落とされたのではない。それゆえ「私」は彼女に向かって、生者の国へ「帰つて入らつしやるな」、「死者達の間に死んでお出《いで》」と語りかける一方で、「私に助力はしておくれ(十九)」と頼むことも許されるのである。

ここで、小説中にこうした神話・伝説を援用することの意味について付言しておきたい。これはごくありふれた手法であり、堀の独創ではもちろんないが、『風立ちぬ』の場合、この手法によって、先にふれた作品の構造の重層性に、時間的な深さと、原型的な行為（「振り向く」）のもつ普遍性とが付与されたと考えられる。そのことも、この作品の私小説性を減殺するのに役立っていると言えよう。

五　リルケ「わたしのいのちはどこへまで届くか」

『風立ちぬ』全体の中で一番美しい箇所の一つは、「私」の山荘の明りが、「雪明りのした谷陰」の意外に遠い地点まで明るませている光景を描いた、「死のかげの谷」の一節であろう（その一部は、この作品の演劇性について考察した第四章で引用）。クリスマス・イヴを、村の娘の家に招待されて過した帰り道で、「ふとその道傍に雪をかぶつて一塊りに塊つてゐる枯藪の上に、何處からともなく、小さな光が幽かにぽつんと落ちてゐるのに氣がついた」「私」は、次のように考える。

「なあんだ、あれほどたんとに見えてゐた光が、此處で見ると、たつたこれつきりなのか」と私はなんだか氣の抜けたやうに一人ごちながら、それでもまだぼんやりとその明りの影を見つめてゐるうちに、ふとこんな考へが浮んで來た。「――だが、この明りの影の工合なんか、まるでおれの人生にそつくりぢやあないか。おれは、おれの人生のまはりの明るさなんぞ、たつたこれつ許りだと思つてゐるが、本當はこのおれの小屋の明りと同様に、おれの思つてゐるよりかもつともつと澤山あるのだ。さうしてそいつ達がおれの意識なんぞ意識しないで、かうやつて何氣なくおれを生かして置いてくれてゐるのかも知れないのだ……」（「十二月二十四日」）

ここで発見された思想は、狭義には作家としての「私」の創作行為の、世界に及ぼす影響の拡がりに関わるものと考えられるが、同時に、もっと広くこの地上に生を享けた人間存在全体の、生きることの意味についても成り立つと思われる。たとえば佐々木基一は、この場面について、次のように述べている。

しかし、わたしたちは、このひかえ目な呟きのなかに、堀辰雄の大いなる自負と、揺るぎない確信を読みとるべきであろう。いや、そればかりか、この呟きは、孤絶の場所にあってなおかつ人生との親和をもとめ、自己の生を普遍的なものにまで高めようとするゲーテ的意志と、自己の文学的営為にたいする大いなる使命の自覚を

物語っているようである。（二〇）

ゲーテと堀辰雄とでは、実人生においても文学活動においてもそのあり方がずいぶん異なっているため、堀の考えの志向性を「ゲーテ的意志」とまで言い切ることができるかどうか、意見の分かれるところだが、彼の作家としてのひそかな自負と、自己のささやかな生を「普遍的なものにまで高めようとする」決意をそこに読みとることは可能であろう。

我々はこの場面について、二、三の指摘をしておきたい。山小屋から漏れる明りのイメージは、「冬」の章、「十一月二十八日」の項を想起させる。「夜、私は遅くまで何もしないで机に向つたまま、バルコンの上に落ちてゐる明りの影が窓を離れるにつれてだんだん幽かになりながら、暗《やみ》に四方から包まれてゐるのを、あたかも自分の心の裡さながらのやうな氣がしながら、ぼんやりと見入つてゐる」――ここでは、明りが「暗《やみ》」のなかに消えてゆくことのみに視点が置かれていることは言うまでもない。「暗《やみ》」は死の暗喩であり、「明りの影」は「自分の心の裡」だけでなく、弱まってゆく「節子」の生命の暗喩と考えられるが、ここではそれ以上の積極的な意義は付与されない。既にみたように、「ぼんやりと見入つてゐる」「私」にある啓示が与えられるのは、次の年の

「十二月二十四日」のことである。

この明りのイメージの意義については、第五部のタイトル「死のかげの谷」が「詩篇・第二三篇」から引いたものであること、手記にはクリスマス・イヴの夜の出来事が記されていることをみても、キリスト教を抜きにしては語れない。この明りは、イエスの降誕により地上の人間存在に約束された神の救いの光を暗示していると思われる。とすれば、『風立ちぬ』は単に鎮魂の書であるにとどまらず、婚約者節子の死、翌年のクリスマスを経て、「私」が死の淵から生の世界へ這いあがる「再生の書」でもある（「私」も節子と同じ病いに冒されている）。

ところで、この「明りの影」の発見が「死のかげの谷」でなされたことは重要である。このことは、リルケの「生に内在する死（二）」という考えと密接に結びつくと思われる。また「私」の呟きでは、「明りの影」の多さが強調されているが、これが意外に遠くまで届いていたことに対する驚きも重要である。

……「おれはまあ、あんな谷の上に一人つきりで住んでゐるのだなあ」と私は思ひながら、その谷をゆつくりと登り出した。「さうしてこれまでは、おれの小屋の明りがこんな下の方の林の中にまで射し込んでゐるようなどとはちつとも氣がつかず

（「十二月二十四日」）

に。御覧……」

ここで思い出されるのが、リルケの「だれがわたしに言えるだろう」に始まる無題の詩（『初期詩集』）である。

だれがわたしに言えるだろう、
わたしのいのちがどこへまで届くかを？
わたしはまだあらしのなかをさまよっているものか、
波となって池に住むのか、
それともわたし自身、あおじろく青ざめて
早春の寒さにふるえる白樺の木なのだろうか？（二三）

KANN mir einer sagen, wohin
ich mit meinem Leben reiche ?
Ob ich nicht auch noch im Sturme streiche
und als Welle wohne im Teiche,

und ob ich nicht selbst noch die blasse, bleiche
frühlingfrierende Birke bin ?

Kann mir einer sagen, wohin
Berlin-Wilmersdorf, 11. Januar 1898

「わたしのいのちがどこへまで届くか」――これとほぼ同じ詩句を含むもう一つの作品は「愛に生きる女」（『新詩集』）である。

あれがわたしの窓だ。たったいま
わたしはこんなにやわらかに眼をさました。
空をただよい飛ぶように思っていた。
わたしのいのちはどこへまでとどき、
そしてどこで夜ははじまるのだろう？

周りの物みなが、今なおわたし自身なのだと思うことさえできそうだ。
すべてはまるで水晶の深みのように透きとおり
ほの暗く、物を言わない。（二三）

Das ist mein Fenster. Eben
bin ich so sanft erwacht.
Ich dachte, ich würde schweben.
Bis wohin reicht mein Leben,
und wo beginnt die Nacht ?

Ich könnte meinen, alles
wäre noch Ich ringsum;
durchsichtig wie eines Kristalles
Tiefe, verdunkelt, stumm.

Die Liebende *Paris, zwischen 5. und 9. August 1907*

「十二月二十四日」の手記を書くとき、「わたしのいのちがどこへまで届くか」の一行が堀辰雄の頭の中にあったのではないだろうか。「おれの小屋の明り」が、「私」の生命の暗喩であることは明らかで、それが「どこへまで届くか」という問いが、この手記の主題をなしていることは論を俟たないからである。

おわりに

前章で引いたリルケの二作品には、よく知られた「世界内部空間」の考えが読みとれる。ベーダ・アレマンの注釈[二四]によれば、このリルケ的空間においては、「外部世界は、内面へと止揚され、変容することによって、消えてゆくのである。破壊されるのは外部世界ではなく、内面と外面の境界なのである」、「そのさい問題なのは、単に外部世界の内面化ということだけではない。その逆もまた世界内部空間という概念圏に属しているのである。つまりリルケの晩年の詩句が示しているように、内部世界を外部の事物に向って投げかけること」。こうした空間の捉え方は、「十二月二十四日」の描写にはみとめられない。しかし、この手法が、助動詞「〜のように」、「〜そうに」の分析のとき指摘したような、主体と客体の境界の曖昧化、また「私」と「お前」との混同について述べたときふれた、「自」と「他」あるいは「内部」と「外部」の境界の消滅に関わってくることは言うまでもない。再び佐々木基一の言葉を借りれば、「外部現実の一切を内部現実に転移することで、かれ〔堀辰雄〕は内的リアリズムと呼ばれる一つのまったく新しい領域をわが文学にひらいてみせた。現実のなかに散らばる素材や体験は、ことごとく内的現実を組成する要素となって、質的に転換された」(二五)――この手法は『風立ちぬ』の文学空間の形成にも生かされているように思われる。このとき、リルケの「世界内部空間」の考えを援用すれば、堀辰雄は「外部現実の一切を内部現実に転移する」だけでなく、逆に、内部世界を外部世界に転移する方法も用いていると思われる。

『風立ちぬ』は『堀辰雄全集』第一巻、筑摩書房（昭和五十二年五月）、『菜穂子』は同全集第二巻（同年八月）、『雉子日記』と『雪の上の足跡』は同全集第三巻（同年十一月）を底本とした。書名のない引用はすべて底本による。

註

（一）神品芳夫『リルケ研究』、小沢書店、昭和四十七年二月、六四頁。
（二）同書、六二頁。
（三）「雪の上の足跡」の主題は、田村隆一『言葉のない世界』（昭森社一九六二年十二月）所収の「見えない木」に受け継がれる。

雪のうえに足跡があった
足跡を見て　はじめてぼくは
小動物の　小鳥の　森のけものたちの
支配する世界を見た
たとえば一匹のりすである
〔……〕
また　一匹の狐である
〔……〕
たとえば一羽の小鳥である
〔……〕

両者の比較は興味ふかいが、ここでは試みない。
（四）一九〇頁。
（五）一九〇―一九一頁。

（六）三六九頁。
（七）作者の昭和十一年九月三十日付の手紙（立原道造宛）に、同様な表現がある（底本、第八巻、昭和五十三年八月、一一八頁）。

今日から小説やつと書き出したところ。いまのところ假りに「婚約」といふ題をつけてい《ママ》る。二人のものが互にどれだけ幸福にさせ合へるか——、さういふ主題に正面からぶつかつて行くつもりだ。

これについての詳説は、松原勉「堀辰雄文芸の世界 —『聖家族』『風立ちぬ』を中心に—」（『日本文藝學』第二十六号所収）、平成元年十二月、二六—二七頁。

（八）四七七頁。
（九）四七八頁。
（十）四八二—四八三頁。
（十一）四八四頁。
（十二）四八五頁。
（十三）同上。
（十四）四八五—四八六頁。
（十五）四八五頁。
（十六）四八六頁。

（十七）同じような場面が、生前の節子との間にあった。

私の背後にふと軽い足音がした。それは節子にちがひなかつた。が、私はふり向かうともせずに、そのままぢつとしてゐた。（「十一月二十日」）

（十八）中西進『古代日本人の宇宙観』、日本放送出版協会、平成六年一月、一〇八－一〇九頁。

（十九）「助力」という言葉は、すでに「風立ちぬ」の章で、「私」の「節子」への語りかけの中にあり、「レクヰエム」での死者への呼びかけの中のそれとひびきあう。

「ああ、それはおれの好きなやうに書くともさ。……が、今度の奴はお前にもたんと助力して貰はなければならないのだよ」（五〇一頁）。

（二〇）佐々木基一・谷田昌平『堀辰雄 －その生涯と文学－』、花曜社（改訂版）、昭和五十八年七月、二四三頁。

（二一）神品芳夫、前掲書、七三頁。同頁に、リルケの一九〇七年十二月八日付の手紙（ロマネリ嬢宛）からの引用がある——「死は生のなかにあるのです。〔……〕人間は死ぬことを学ばねばなりません。そのためにこそ全人生はあるのです」。

（二二）生野幸吉訳『リルケ詩集』、河出書房、昭和四十二年九月、十五頁。

（二三）同訳書、一六〇頁。

（二四）ベーダ・アレマン『リルケ －時間と形象－』、山本定祐訳、国文社、一九七七年十一月、十七頁。

（二五）佐々木基一・谷田昌平、前掲書、二一七頁。

付記

参考文献の『堀辰雄 ―その生涯と文学―』は、著者の佐々木基一氏から贈呈されたものである。氏は惜しくも今年（一九九三年）四月二十五日に亡くなられた。呉、広島、パリで氏にお会いしたときのことが、なつかしく思い出される。

V　志賀直哉小論

――冥界からの帰還――

はじめに

「近代日本人の発想の諸形式」の「四　上昇型と下降型」のなかで、伊藤整（一九〇五―六九）は『暗夜行路』における志賀直哉（一八八三―一九七一）の認識の形について次のようにまとめている。

前にも述べたように志賀直哉の調和感は、強く意志的なものであるが、その調和の世界が危くなると、この二つの場面に出ているように、生命の小ささ、即ち無に近い方の極限を考え、または死を設定し、死という無から見直すことによつて今存在する生活の意義を再認識する方法をとる。であるから、ここで、調和感なるものが、無の認識の上に築かれていることが見出されるのである。*

主人公の時任謙作は、尾道に仮寓しているとき、兄からの手紙で自分が母と祖父の間にできた「罪の子」であることを知ると、ここに指摘されているとおり、手段として、広い〳〵世界を想ひ浮べた。地球、それから、星、（生憎曇つてゐて、星は見えなかつたが）宇宙、さう想ひ広めて行つて、更にその一原子程もない自身へ想ひ返す。すると今まで頭一杯に拡がつてゐた暗い惨めな彼だけの世界が急に芥《け》子《し》粒程のものになる。（一九二）

という思考法のおかげで、辛うじて破滅への下降から逃れる。謙作はこの方法を意識的に用いている――「これは彼のかういふ場合の手段で、今もある程度には成功した（一九二）」。これが伊藤の言う「上昇的な生命〔認〕識（二六九）」である。この箇所のすぐ前に、既にこうした「手段」の雛形が見られる。芝居見物を終え、海沿いの路を帰つてくるとき、

彼の胸には淋しい、謙遜な澄んだ気持が往来してゐた。お栄でも信行でも、咲子でも、妙子でも、其姿が丁度双眼鏡を逆に見た時のやうに急に自分から遠のき、小さくなつて了つたやうに感ぜられた。そして誰も彼もが。それは本統に孤独の味だつた。しかも彼にはそれらの人々に対し、実に懐かしい気持が湧き起つてゐた。そし

て彼は又亡き母を憶ひ、何といつても自分には母だけだつた、といふ事を今更に想つた。（一九一）

己が孤独の極に追いやられたことを自覚する（「そして「いよいよ俺は独りだ」と思つた（一九〇）」とき謙作は、彼をめぐる人々だけでなく、「誰も彼もが」「急に自分から遠のき、小さくなつて了つたやうに感ぜられ」）、過失で彼を生んだ亡母も含め彼らに一体感を抱く。あらゆる人々が小さくなったように感じるとき、振りかえって彼自身も同じ小さい存在にすぎないと思い知るからである。このことは既に、少し前の場面で彼が芝居見物に隣の老夫婦を誘う行為のうちに予感される。

こうした形の認識が、地方の小さな町のさほど高くない山の中腹から主人公が町に降り、人の群れに交じった後になされることは注目に値する。更に指摘したいのは、大都市（東京）で父との不和、不可解な結婚話の不調などで煩悶していた主人公が、田舎の小都市へ旅をするなかでその苦悩から少しずつ癒えていく、という「調和型（二六九）」（伊藤整）ないしは自己救済のパターンがここに認められることである。

志賀直哉がしばしば小説の主人公にたどらせるこうした認識の元型を、主に『城の崎にて』と『暗夜行路』のなかに探る。

＊『伊藤整全集』第十三巻、河出書房、一九六六年三月、二七〇頁。旧漢字は新漢字に変えた。

本稿を書くにあたり、岩波書店版『志賀直哉全集』を底本とした。『暗夜行路』は第四巻（一九九九年三月）、『城の崎にて』と『焚火』は第三巻（同年二月）所収である。

引用文に続く括弧内の数字は底本のページを示す。引用文の傍線はすべて筆者による。原文の振り仮名は、煩瑣を避けるため、読み方の複数ある文字を除きすべて削った。

一『城の崎にて』

1 都市から田舎へ

東京で電車に跳ねられ重傷を負った作者（＝話者）が、地方の温泉町へ療養に訪れるのは専ら医者の勧めによるが、大都会から田舎に移り住むことで、彼は小動物の生と死の営みをつぶさに観察し、彼個人に限らず、人間とそれ以外の生き物の生の意味についてじっくりと考えることが許されるようになる。その条件は、彼が人の群れから遠のくことで更に整う。

まず、作者は一人でこの地へ来ている――「一人きりで誰も話相手はない（四）」。その上、借りた部屋そのものが往来の喧騒から隔てられ、隣室も無いおかげで、作者は妨げられることなしに観察と思索を重ねることができる――「自分の部屋は二階で、隣のない、割に静かな座敷だつた*（五）」。この部屋の縁側から、屋根瓦の上に一匹の死んだ蜂を見つけ、そのすぐ傍らでせわしく動きまわる他の蜂との対比から「淋しさ」と、それにもまして「静かさ」を感じ、その静かさに「親しみ」を覚える。負傷を契機に死を身近に感じるようになった作者が、小さな昆虫の死に深い共感を覚えるのである。それは、蜂の死骸を目撃する前、既に彼の「心には、何かしら死に対する親しみが起つてゐた（五）」からである。

次に彼は、宿から町中へ散歩に出かける。川岸の人だかりに交じって、首を魚串で刺し貫かれた鼠が川中で「死ぬに極《きま》つた運命を担ひながら、全力を尽して逃げ廻つてゐる様子（六）」を眺め、その姿に己の情況を重ねながら死について想いめぐらす。そして、己の姿も死を前にしてあがく動物のそれに似通っていたかもしれないと推測する。

今自分にあの鼠のやうな事が起つたら自分はどうするだらう。自分は矢張り鼠と同じやうな努力をしはしまいか。自分は自分の怪我の場合、それに近い自分になつた事を思はないではゐられなかつた。(八)

そしてさう〔＝傷が致命的と〕いはれても尚、自分は助からうと思ひ、何かしら努力をしたらうといふ気がする。それは鼠の場合と、さう変らないものだつたに相違ない。(九)

ここで気づくのは、作者は人込みのなかで見た光景について、そこを離れ独りになったとき想像をめぐらしていることである――「自分は鼠の最期を見る気がしなかつた。〔……〕逃げ廻つてゐる様子が頭についた(八)」。「頭についた」とは「記憶に焼きついて離れない」の意で、作者が既に人込みを抜け出ていることを示す。つまり彼は、一度は町の群集に交じるが、自身の死についての認識を検証するときは群れとの間に距離を置いて独りになる――これは、作者が好んで繰りかえすパターンに他ならない。そのことを次章と、尾道での一情景(『暗夜行路』)にふれる章で詳述する。

＊因みに『暗夜行路』でも、主人公は尾道に着いた最初の夜、「なるべく奥の静かな部屋がいい」（一四七）と、宿の番頭に頼む。その後、住むために借りる部屋も、「棟割長屋の一番奥（一五四）」に選ぶ。

2 町から自然、自然から町へ

『城の崎にて』の終結部は、作者が温泉街から山峡の奥ふかく登り、降りてくる情景である。自分自身や他の人々、更に生き物全体の運命について宇宙感覚に基づく認識を得るとき、彼は町（群集）を離れて自然（孤独）のなかへ、しかも高い場所へ身を置こうとする。

〔……〕或夕方、町から小川に沿うて一人段々上へ歩いていつた。山陰線の隧道《トンネル》の前で線路を越すと道幅が狭くなつて路も急になる。流れも同様に急になつて、人家

も全く見えなくなつた。もう帰らうと思ひながら、あの見える所までといふ風に角《かど》を一つ〳〵先へ〳〵と歩いて行つた。（九）

このように人里離れた高所で更に遠く、特に理由もなく、だが何かに促されるように歩を進める――「いつまで往つても、先の角はあつた（十）」。やがて引きかえそうとした場所で、作者が驚かすために投げた石に当たって蠑螈が死ぬ偶然に遭遇し、「蠑螈と自分だけになつたやうな心持がして蠑螈の身に自分がなつて其心持を感じ」る境地に至る（十一）。興味ふかいのは、死んだ虫との一体化が尋常なものではないことである。

このような虫への同化、というよりむしろ変身は、実は暗に予告されていたのである――「十年程前によく蘆の湖で蠑螈が宿屋の流し水の出る所に集つてゐるのを見て、自分が蠑螈だつたら堪らないといふ気をよく起した。蠑螈に若し生れ変つたら自分はどうするだらう、そんな事を考へた（十）」（ここには輪廻転生思想の微かな反映が認められる）。それにしても、「蠑螈の身に自分がなつて其心持を感じ」るのはまだしも、同じ生き物としての「淋しさを一緒に感じた（十一）」とまで断定するのは作者の逸脱であるが、我々読者はこれを、彼のそうした一体感への過度の感情移入の表れと受けとめるしかない。いずれにしろこれは、作者が能うかぎり市街あるいは群集から遠ざかった場所で感じる融合である。従ってこれはまだ、彼個人の内面で感得された、観念的なものにすぎない。「只頭だけが勝手に働く（十一）」とは、このことを指す。それ故この合一感は、その後の都市における他者との生活のなかで日々試されることになるはずである。

このように、虫にも人間にも等しく訪れる死を軸にして人間とそれ以外の生物を同一視する境地を収穫として、作者は人里の方へ降りていく。

自分は淋しい気持になつて、漸く足元の見える路を温泉宿の方に帰つて来た。遠く町端《まちはず》れの灯《ひ》が見え出した。〔……〕もうかなり暗かった。視覚は遠い灯を感ずるだけだつた。（十一）

だんだん暗くなってゆく夕闇の遠くに、町の灯り（人々の生活）がきらめいている。一度は離れてきた群集の住む市街への帰還である。そこでは作者は旅人であり、しかも未だ数日間しか滞在しておらず、三週間で帰京する。しかし、『暗夜行路』の主人公が尾道*で、彼を取り巻く人々とお互いの孤独を媒介にして一種の《和解》を果たすように、作者はこの城の崎で、また東京で、近親や他者との間にこれまでより親密な一体感を求めながら生きていくであろう。

＊志賀が山の手線の電車に跳ねられたのは一九一三（大正二）年八月で、その年の十月、城の崎温泉へ養生に出かける。十月三十日の日記には、「蜂の死と鼠の竹クシをさゝれて川へなげ込まれた話を書きかけてやめた。／これは長篇の尾道に入れるつもりにした」とある。すなわち蜂と鼠の逸話は、大正元年の秋、尾道滞在中に取りかかり、三年後の夏、未完に終わる「時任謙作」（後の『暗夜行路』）の、おそらく尾道を扱う章に挿入する意図があったのである。

3　幽明境

山手線で電車に跳ねられた作者が生の側に、山峡の高所で蠑螈が作者の狙わずに投げた石に当たって死の側に別れたのは、紙一重の偶然による。どちらが先に死の世界に入っていたとしても、不思議ではない――「何かが自分を殺さなかつた（五）」、「自分は偶然に死ななかつた。蠑螈は偶然に死んだ（十一）」と、作者も記している。

山峡への散歩の場面について言えば、夕暮れの山気に包まれひんやりとした自然のなかでの出来事を、作者は体験した通りに描いたのであろう。後に彼は「創作余談」（『改造』、昭和三年七月）のなかで、

「城の崎にて」 これも事実ありのままの小説である。鼠の死、蜂の死、ゐもりの死、皆その時数日間に実際目撃したことだつた。そしてそれらから受けた感じは素直に且つ正直に書けたつもりである。（四六二）

と述べており、それを疑う理由はないからである。ただし、いくつか事実と異なる細部が無いわけではない。死んだ蜂と瀕死の鼠について記した日記（大正二年十月三十日）の翌三十一日の項には、「岩の上のやもりに石を投げたら丁度頭に当つて一寸尻尾を逆立てて横へ這つたぎりで死んで了つた（夕方の山道の流れのワキ《ママ》で）――これは次の日の夕方の事だつた（四六二）」とある。まず、「やもり」が「蠑螈」に変えられる。これは、三十日の日記には薄暗くて見分けがつかないまま「やもり」としておいたが、四年後（大正六年四月）に作品を執筆するとき、生息地から考えて「蠑螈」と直したのであろう。また、石は「丁度頭に当つて」が、作品では省かれている。これも、夕闇のなか

で小さな虫のどこに石が命中したかを明記するのは、不自然と考えたからかもしれない。もう一つ、「やもり」（作中では「蠑螈」）は「横へ這つたぎりで」が、「4寸程横へ跳んだやうに見えた（十）」と、よりダイナミックに、しかも推測で描かれる。蠑螈が死ぬまでの様子も細かく念入りにたどられる。最後に日時について言えば、「三十一日」（日記の日付）は、「そんな事〔＝鼠の最期の動騒〕があつて、又暫くして（九）」と、曖昧に記される。（心境）小説では特に理由が無いかぎり、日記のように日時を明示するにはおよばないからである。いずれにしろこれらはごく些細な変更にすぎず、虚構の範囲には入らないといえよう。

　少し横道に逸れたが、最後の山行の場面に戻ろう。ここには、作者が意図したのかどうか分からないが、日常とは微妙に異なる超自然的な、妖しい空気が漲っている。前にも引用したように、作者が清流に沿って夕暮れの山道を登るにつれ、傾斜も急になり、道幅も狭まる。人家も見えなくなり、帰ろうと思いながらも何かに憑かれたように「あの見える所までといふ風に角《かど》を一つ〳〵先へ〳〵と歩いて行」く（九）。そのとき、

　物が総て青白く、空気の肌ざはりも冷々として、物静かさが却つて何となく自分をそは〳〵とさせた。（九）

確かに夕暮れ時の山峡であれば、風景全体が蒼白に見えても不思議ではない。だがここで我々は、作品の冒頭で作者が想像する死後の世界を思い出さざるを得ない――「青い冷たい堅い顔」の死者の住む世界を。作中で、「青白く」、「青い」とはっきり色彩が示されるのは、蠑螈にかかわる「黒い」、「黒く」を除き、この二箇所だけである。

一つ間違へば、今頃は青山の土の下に仰向けになつて寝てゐる所だつたなど思ふ。青い冷たい堅い顔をして、顔の傷も背中の傷も其儘で、祖父や母の死骸が傍《わき》にある。それももうお互に何の交渉もなく、――こんな事が想ひ浮ぶ。(四―五)

我々にはこの冥界の情景が、山中の風景に重なって見える。なぜ作者は「そは〳〵とさせ」られたのか？ 彼は冥界へ近づいていることに気づいたのであろう(これについては、後でもっと細かく分析する)。ここで作者は、奇妙な光景に出逢う。道端に桑の大木が立っている。

彼方《むかう》の、路へ差し出した桑の枝で、或る一つの葉だけがヒラ〳〵ヒラ〳〵、同じリズムで動いてゐる。風もなく流れの他は総て静寂の中にその葉だけがいつまでもヒラ〳〵ヒラ〳〵と忙《せは》しく動くのが見えた。自分は不思議に思つた。多少怖い気もした。然し好奇心もあつた。自分は下へいつてそれを暫く見上げてゐた。すると風が吹いて来た。さうしたらその葉は動かなくなつた。原因は知れた。何かでかういふ場合を自分はもつと知つてゐたと思つた。（九―十）

この現象を合理的に説明するなら、例えば桑の葉に虫が付いていてそれが動けば、風が無くても葉は揺れるだろう。風が吹きはじめると、その変化への警戒から虫は活動を止め葉の動きも停止する。しかも桑の重い葉は、少しの風では揺れない――これは大いにありうることである。だが作者は、原因を知りながら説明を加えない。おそらく彼は、大自然のなかでは論理的に納得できない、不合理な現象はいくらでも起こっている、と言いたいのだろう。ここでは、何度も繰りかえされる「ヒラ〳〵」というオノマトペも効果的である。オノマトペ（擬声語・擬態語）はもともと、用いる人の感覚に基づく主観的な語法で、論理的な分析や分類を拒むところがある。しかも「ヒラ〳〵」は、葉の揺れるさまを喚起する擬態語であると同時に、葉のかすれる音もかすかに響かせる擬声語でもある。このどちらともつかぬ語法の選択は、超自然的で神秘なこの場面にふさわしい。

大ていの事柄は好悪で直感的に判断し、ねばり強い微細な分析の苦手な志賀は、小説の重要な場面に差しかかると好んでオノマトペを用いる。次章で扱う尾道の情景でも、他の多くの作品でもそれが顕著である。

だが、もう一つ別の解釈が考えられる。さっきから作者が踏み入って歩いている世界にはどこか幽明界を思わせるところがある。この言葉を我々は、幽すなわち冥界と、明すなわち顕界の双方という意味ではなく、幽と明の境の領域、来世と現世との境界の意味で用いたい。あるいは双方が入り交じっている曖昧な場所と考えてもよい。この見方からすると、先程の引用の「彼方の」(志賀は「むかう」と読ませている)は重要な言葉である。「彼方」はいうまでもなく「彼岸」を暗示するからである。この場所でなら、此岸では通常見られない不条理な現象が起きても不思議ではない。生と死が入れ替わっても、人間と他の生物が一体化しても珍しくない。

この場所は黄昏の薄闇に包まれており、そのなかを川が流れている(黄泉への三途の川を連想させる。志賀直哉の場合、主人公はしばしば川や湖、海など、水の傍や上で生死についての認識を深める)。しかも、路はどこまで続き、どこへ通じているのかもわからない。

段々と薄暗くなつて来た。いつまで往つても、先の角《かど》はあつた。もうここらで引きかへさうと思つた。自分は何気なく傍《わき》の流れを見た。（十）

徐々に暗さを増してゆく（冥界へ近づく）夕闇のなかの川岸で作者は、既にふれた蠑螈との遭遇、その不運な死、死んだ蠑螈との一体化を経験する。この一体化は、作者の踞んだ姿勢にも現れていると言えよう。それは最初から最後まで、蠑螈の姿勢に似ているように思われる。

向う側の斜めに水から出てゐる半畳敷程の石に黒い小さいものがゐた。蠑螈だ。未だ濡れてゐて、それはいい色をしてゐた。頭を下に傾斜から流れへ臨んで、凝然《ぢつ》としてゐた。自分はそれを何気なく、踞んで見てゐた。自分は先程《せん》蠑螈は嫌ひでなくなつた。〔……〕自分は踞んだまま、傍《わき》の小鞠程の石を取上げ、それを投げてやつた。〔……〕蠑螈にとつては全く不意な死であつた。自分は暫く其処に踞んでゐた。蠑螈と自分だけになつたやうな心持がして蠑螈の身に自分がなつて其心持を感じた。（十）

このように蹲った低い姿勢をとり続けることで、彼は身体的にも小さな虫に近づこうとしているかに見える。彼は死んだ虫を「可哀想に想ふと同時に、生き物の淋しさを一緒に感じ」る（十一）。更に、死なずに今歩いている彼自身と、土の下に入ったかもしれぬ死んだ蜂、海岸に打ち上げられたかもしれぬ鼠との間にも大きな違いは感じない。彼にとってはもはや、生と死の境もはっきりしない——「生きて居る事と死んで了つてゐる事と、それは両極ではなかつた。それ程に差はないやうな気がした（十一）」。

作者のいる場所が冥界に似通うのは、彼が今、先ほど死んだ蠑螈はもとより、その前に死んだ蜂や鼠と（想像の世界で）一緒におり、その生き物たちにほとんど同化しているからである。次に見られるように視覚と（足の）触覚と、頭（精神の働き・思考作用）とがばらばらなのは、彼が幽冥界とも顕界ともつかない場所にいるからである。その闇のなかを彼は、地に足がつかないような感覚に捉われながら町の方へ引き返す。

もうかなり暗かつた。視覚は遠い灯《ひ》を感ずるだけだつた。足の踏む感覚も視覚を離れて、如何にも不確だつた。只頭だけが勝手に働く。それが一層さういふ気分に自分を誘《さそ》つて行つた。（十一）

「さういふ気分」とは覚束ない足取りの感覚のことか、前述の生と死を同一視する気持ちのことか、この文章では判然としない。ともあれ、作者は生と死、現世と来世の交じり合う曖昧な境界、幽と明を分かつと同時に結びつける蒼白な薄闇から、都市の生きて動いている人々（「遠い灯」）のもとへ帰還する。一種の復活を果たす。

＊＊＊

先にふれたように、「物静かさが却つて何となく自分をそは〳〵とさせた（九）」のは、作者の山行が冥界への接近を暗示するからである。しかし、原因はそれだけではない。ここには「物静かさ」という別の主題が登場する。坂上弘は、「おそらくこの小説くらい、〝静か〟ということばが沢山でてくる作品は他にないのではないか。死を表現するとき、自分のためのレクイエムをこのことばに託したことは、音楽を感じていたことになる（五〇四）」と評している。確かにこの作品では、「静か」が「淋し」と共にしきりに繰りかえされる。それは特に、死んだ蜂の描写に集中している。

〔……〕それが又如何にも死んだものといふ感じを与へるのだ。それは三日程その儘になつてゐた。それは見てゐて、如何にも静かな感じを与へた。淋しかつた。他の蜂が皆巣へ入つて仕舞つた日暮れ、冷たい瓦の上に一つ残つた死骸を見る事は淋しかつた。然し、それは如何にも静かだつた。(六)

同じような表現が何度も繰りかえされるのはおそらく意識的な手法であり、それが音楽的な効果を生んでいることは否定できない。またその表現にも、飽きが来ぬよう少しずつ変化をもたせている――「如何にも生きてゐる物といふ感じを与へた。〔……〕如何にも死んだものといふ感じを与へるのだ(六)」。ここではまた「物」を「もの」に変え、生から死への移行を伝える工夫をしている。では、少し後の次のような文章はどうであろうか。

それにしろ、それは如何にも静かであつた。忙《せは》しく〳〵働いてばかりゐた蜂が全く動く事がなくなつたのだから静かである。自分はその静かさに親しみを感じた。(六)

「如何にも静かな」、「静かだつた」の繰りかえしも、その内容が深まってこなければ単調なだけで、耳に煩わしく響くようになるであろう。死んだ蜂が「如何にも死んだものといふ感じを与へる」のも、「全く動く事がなくなつたのだから静かである」のも至極あたり前のことで、ここではあらずもがなの表現であろう。

脇道に逸れたが、「死後の静寂に親しみを持つ（八）」作者が、その静かさを「希つてゐる（八）」ことは確かである。しかしこの静かさは、あくまで作者の想像の世界で希求されたものである。ところが夕暮れの山峡の場面では、幽冥界のような「物静かさ」が実際に襲ってきたために作者は平静ではいられなくなり、「そは〳〵と」せざるを得なかったのであろう。

＊＊＊

ここで終結部に見られる時間の流れをまとめておきたい。それは、「或夕方」→「物が総て青白く」→「段々と薄暗くなつて来た」→「漸く足元の見える路」→「遠く町端れの灯が見え出した」→「もうかなり暗かつた」――このように暗くなってゆく夕闇の描写によって示される（この流れに沿って作者は死者の住む冥界へ近づいてゆく）。その闇が濃くなったとき、遠くに灯りや燃える火が見える――これは志賀直哉の色々な作品に繰りかえし現れる風景の元型である。一例を挙げれば、『焚火』(大正九年三月執筆。同年四月、『改造』に発表)の終結部や『暗夜行路』の尾道の風景がそれである。『暗夜行路』についていえば、明らかに小説全体の骨組みがこの元型に基づいている。ただし、終章近くの大山登山の場面では、人里の灯火は夜明けの光のなかへ少しずつ消えてゆく。

二『暗夜行路』

1 反響と反映 ――尾道――

謙作は、意図的にではないにしろ彼を苦境に陥れた人々の住む大都会から遠く離れ、瀬戸内海沿岸の小都市、尾道に仮寓し、徐々にではあるがその人々との和解に向かいはじめる。

彼は借家を注意深く、市街から少し離れた、しかも高い場所に選ぶ。まず、「市《し》の中心にあつて、一ト眼に全市が見渡せる（一四九）」千光寺へ登る。坂の途中である貸家を覗くが、更に「斜に一町程登つて（一五〇）」、もっとよい見晴しの貸家を見つける。そのあと道後や厳島を巡るが、何処も気に入らず尾道へ舞い戻り、「翌日《よくじつ》千光寺の中腹の二度目に見た家を借りる事に（一五四）」する。家も「三軒の小さい棟割長屋の一番奥（一五四）」である――「誰からも一人になることが目的であつた（一五九）」。隣人も、「人のいい老夫婦（一五四）」と「細君を町の宿屋へ仲居に出して」その稼ぎで酒ばかり飲んでいる「四十ばかりのノラクラ者（一五四）」で、彼が町に降りない限り、「生々と活動的な（一五三）」群集の息吹き、「不潔なじめ〳〵した路次（一五三）」の臭いは押し寄せてこない。町に出るのも一苦労で、「長い〳〵石段を根気よくこつ〳〵と（一五三）」降りねばならない。

　そんなわけで、市街との接触は専ら視線と、聴覚を介してである。この距離があれば、彼は他者との生《なま》の交渉から生じる軋轢や葛藤に巻きこまれずに済む。いいかえると町の鼓動は、その日常の垢や生活臭が距離によって漉されるため、浄化されたかたちで彼の所まで届けられる。主体の側も一切の利害を離れ、不安な情念に濁らされず、澄んだ心境で対象を感受するため、色彩も音響もいわば《純粋感覚》（森有正）で切り出されたように輪郭が鮮やかである。寓居からの眺望のなかに「石切り場」が出てくるのも、故なしとしない。「志賀さんの作品は活字が立っている」*（宮本百合子〔一八九九―一九五一〕という評も、そのような描写がもたらす立体性あるいは垂直性を直感的に捉えている。次に引く山腹からの内海の情景は、前篇における風景描写のなかでも際立って清澄でうつくしい。遠望でもあり、「屋根の物干しで」多分ちゃんばらの真似事をしている「子供」（一五五）を除いて、人の姿が細かく描出されることはない。彼らが主人公と関わるのは、ほとんど《声》としてである。

景色はいい処だつた。寝ころんでゐて色々な物が見えた。前の島に造船所がある。其処で朝からカーン〳〵と鉄槌《かなづち》を響かせて居る。同じ島の左手の山の中腹に石切り場があつて、松林の中で石切人足が絶えず唄を歌ひながら石を切り出してゐる。其声は市《まち》の遥か高い処を通つて直接彼のゐる処に聴えて来た。

夕方、伸び〳〵した心持で、狭い濡縁へ腰かけて居ると、下の方の商家《しやうか》の屋根の物干しで、沈みかけた太陽の方を向いて子供が棍棒を振つて居るのが小さく見える。其上を白い鳩が五六羽忙《せは》しさうに飛び廻つて居る。そして陽を受けた羽根が桃色にキラ〳〵と光る。

六時になると上の千光寺で刻《とき》の鐘をつく。ごーんとなると直ぐゴーンと反響が一つ、又一つ、又一つ、それが遠くから帰つて来る。其頃から、昼間は向ひ島の山と山との間に一寸頭を見せてゐる百貫島《ひやくくわんじま》の燈台が光り出す。それはピカリと光つて又消える。造船所の銅を溶かしたやうな火が水に映り出す。
十時になると多度津《たどつ》通ひの連絡船が汽笛をならしながら帰つて来る。舳の赤と緑の灯り、甲板の黄色く見える電燈、それらを美しい縄でも振るやうに水に映しながら進んで来る。もう市からは何の騒がしい音も聴えなくなつて、船頭達のする高話《たかばなし》の声が手に取るやうに彼の処まで聞えて来る。

この文章の音楽性について指摘しておきたい。それはまず、同じ動詞の繰りかえしから生まれるが、「帰つて来る」以外は、少しずつヴァリエイションが与えられる。そして同じ動詞は連続させず、それぞれ交互に用いている。文章が単調にならぬよう意識的に、いわば変奏曲のように構成していると思われる。『城の崎にて』にも、これに似た同じ語の繰りかえしがあった。ここでは、視覚と聴覚の働きを端的に指す動詞「見える」と「聞える」が全体の骨組みの土台を形作っている。

「色々な物が見えた」―「小さく見える」―「頭を見せてゐる」

―「黄色く見える」
「聴えて来た」―「騒がしい音も聴えなくなつて」―「聞えて来る」
「キラキラと光る」―「燈台が光り出す」―「ピカリと光つて」
「遠くから帰つて来る」―「ならしながら帰つて来る」
「水に映り出す」―「水に映しながら」

また、ある運動の結果の存続や現在進行形を示す補助動詞「(〜して)いる」も多用される。

「寝ころんでゐて」―「響かせて居る」―「切り出して居る」―「腰かけて居ると」
―「振つて居るのが」―「飛び廻つて居る」―「頭を見せてゐる」

これと絡みあって、「(〜して)来る」も多用される。こうした同じ言葉の繰りかえしが快いリズムを刻んでゆく。

「聴えて来た」―「遠くから帰つて来る」―「ならしながら帰つて来る」

―「進んで来る」―「聞えて来る」

加えて、二度用いられる「(〜し) 出す」、三度繰りかえされる「〜しながら」もこのリズムを支えている。

他方、「(〜して) 来る」は運動の延長と接近、そして、過去形を除きそれが現在も続いている状態を表す。「(〜し) 出す」も、ある動きが始まり、それが、いつ終わるのか分からないが現在も持続している状態を示す。「〜しながら」は、いつ始まったのか分からないが、その行為あるいは運動が主節のそれと同時に進行していることを示す。これらの語法には、現在性と持続への強い執着が窺われる。

その結果、この場面の描写は単に過去の情景を再現しているのではなく、赤ん坊が初めて世界を見るときのように、視線の動きにつれて風景が次から次へと生まれてくるように感じさせる。その進行を支えるのが、文章の歯切れのよいテンポである。これは、一時的にせよ懊悩から解放され、寛いでいる主人公の「伸び〳〵した心持」、晴朗な感性のリズムが伝わるように形成されているといえよう。

音楽性を生みだす他の要素としては、オノマトペの繰りかえしが重要である。

「カーン〳〵と鉄槌《かなづち》を響かせて居る」―「キラ〳〵と光る」―「ごーんとなると直ぐゴーンと反響が一つ、又一つ、又一つ」

また『城の崎にて』でもふれたように、オノマトペは対象を感覚的に捉えて表出するため、対象の姿態や動き、音声などを読者の脳裡に、観念を介在させず直截に喚起する。そこから、描き出された空間に透明性が生まれる。また志賀の文章が意外に素朴で、時に稚拙にすら感じられることがあるのも、このオノマトペの多用に起因すると思われる。

志賀が如何に音響の描出に腐心したかは、「刻の鐘」の音を初め平仮名で「ごーん」、次に反響を「ゴーン」と片仮名で表記する細かい心遣いに表れている。彼にとり、重要なのは反響である。それは山の高所からまず市街を満たし、さらに遥か遠方まで届いて「帰つて来る」。謙作はその回路の始まりと終わりにいる。彼は音を介して町と遠方に繋がっている、と言っていい。音による町や住民との共鳴（＝結合）と回帰である。「連絡船」も「帰つて来る」。船も途中、色々な港町と接触しながら多度津までゆき、戻ってくる。また「汽笛」の響きは、同心円を描きながら拡がる寺の鐘の響きと重なる。

彼は故意に町から離れて住みながら、下界の他者の声に、おそらく無意識に耳を澄ましている。人間の営みに強く惹き寄せられているからであろう。朝、前方の「向ひ島」の石切り場から、石工の歌声が「市の遥か高い処を通つて直接彼のゐる処に」まで届く。もちろん石工たちは、そのことに気づいていないし、謙作には彼らの話し声が聞こえても、内容までは分からないだろう。一方的な、淡い交わりである。夜には、渡し船か荷船であろうか、「船頭たちのする高話の声が手に取るやうに彼の処まで」響く。しかし、仮に話の内容が分かっても、作品のこの時点で謙作との間に対話が成立することはあるまい。ここでの声の響きは、彼を声の主に結びつけると同時にひき離してもいる。興味ふかいのは、ここに聴覚と触覚の間の共感覚がみられることである。「高話の声が手に取るやうに」がそれである。声の主が遠く離れているだけに一層、耳が鋭敏に働き、声の響きが皮膚で触るように感じられる。これは、主人公が独りになることを欲しながら、如何に他者との会話に、つまり交わりに飢えているかを示していよう。ひと月ほど平穏に過ごした後、彼はこう記すようになる――「誰からも一人になることが目的であつたにしろ、今は其誰もゐない孤独さに、彼は堪へられなくなつた（一五九）」。

これらの音と声は、空間の高い所を渡って「直接彼の」耳に届くため、彼の「心持」を乱すことはない。利害と情念が複雑に絡まりあい、愛憎を生むような他者との交渉あるいは融合は初めから捨象されている。彼はまだ、町との間にそうした実際の接触あるいは繋がりが生じることを怖れているともいえる。このことは、次にふれる間接的でやさしい光や色彩とも関わってくると思われる。

2 火と水の結婚

この風景の魅力を音や声とともに作りだす光と色彩は、直接眼を灼くようなむきだしの輝きを持たない。鳩の羽根が「桃色に」光るのは、夕日の反映による。灯台の強烈な光線は、一瞬きらめいては消える。造船所のおそらく溶接の火は、粘つく重い物質性を帯びており、しかも海面に映るさまが描かれる――「銅を溶かしたやうな火が水に映り出す」。連絡船の「赤と緑」、「黄色」の燈火も、提示されるとすぐに水面への反映として描かれる。この夜景のクライマックスを形作るのが秀抜な直喩「美しい縄でも振るやうに」である。ここでも光が細長くやわらかい物質として捉えられている。さらにその縄は、振られることによって輪郭がぼやける（もちろんそれは、船と波の揺れを暗示しているのだが）。しかも「縄を」ではなく「縄でも」と、あくまで断定を避け、反映の効果を和らげている。

志賀直哉はこのように、水に映る灯りや火を好んで描く。『暗夜行路』では、主人公が初めて尾道に着いた夜、宿の二階の部屋から尾道水道を眺める。

未《ま》だ戸が閉めてなく、内からさす電燈の明りが前の忍返しを照らした。其彼方《むかう》が一寸した往来で直ぐ海だつた。海と云つても、前に大きな島があつて、河のやうに思はれた。何十隻といふ漁船や荷船が所々にもやつてゐる。その赤黄色い灯の美しく水に映るのが、如何にも賑やかで、何となく東京の真夜中の町を想はせた。

（一四七－一四八）

私の好みからすれば、簡単に「美しい」、「美しく」と断定する彼の描き方には余り賛同できない。作者の主観に基づく美醜や好悪の判断が押しつけられるからである。例えば「女は醜い女だつた（一二四）」が、それである。横道に逸れたが、短篇『焚火』には、水に映える火の典型的な情景が描かれている。

「焚火をしてますわ」と妻がいつた。小鳥島《ことりじま》の裏へ入らうとする向う岸にそれが見

える。静かな水に映つて二つに見えて居た。（四〇六）

火の影は水にだけではなく、他の物象にも映る。もっともこれは、この前の引用文のように「照らした」という方が適切かもしれない。それをわざわざ「映った」と記すところに、志賀の反映への執着が窺える。

> 白樺の皮へ火をつけると濡れた儘、カンテラの油煙《ゆえん》のやうな真黒な煙を立てて、ボウ〳〵燃えた。Kさんは小枝から段々大きい枝をくべて忽ち燃《も》しつけて了つた。其辺が急に明るくなつた。それが前の小鳥島の森にまで映つた。（四一〇）

この短篇のクライマックスは、燃える薪が湖水に姿を映しながら飛び、遠くでその影と一つになる場面である。

> Kさんは勢よく燃え残りの薪《たきぎ》を湖水へ遠く抛つた。それが、水に映つて、水の中でも赤い火の粉を散らした薪が飛んで行く。上と下と、同じ弧を描《ゑが》いて水面で結びつくと同時に、ジユツと消えて了ふ。そしてあたりが暗くなる。それが面白かつ

た。皆《みんな》で抛つた。Kさんが後に残つたおき火を櫂で上手に水を撥ねかして消して了つた。(四一六)

作家は何故このように水に映る火を執拗に描いたのか？　まず気づくのは、どの場面にも水の細かい描写はほとんどないことである。彼にとって水は、火を映す媒介でしかなかったように思われる。では、水そのものに関心がなかったのか？　否、彼はおそらく水には潜在的に強く惹かれており、多くの場合、無意識のうちに水上や水辺を背景に選んでいるのではなかろうか。

しかしながらこれは大きなテーマであるため、ここでは二、三、推測を記すに止めたい。志賀直哉がよく水の傍で生死について思索を深めたり、水に映る火に美を感じたりするのは、我々の心底にも抜きがたく流れている仏教的な無常観によるのではないかと思われる(例えば『方丈記』の冒頭にそれがみられる)。火も常住ではないが、それが水に映じる姿はかりそめの存在であるが故に一層脆く、儚い。翻って、だからこそその姿は、我々の眼に、一きわ切実に、うつくしく見えるのではなかろうか。火はもちろん、人間存在の、人生の暗喩であり、生命の象徴である。『焚火』の最後の情景で、薪の火と水に映る火が再び一つになり消える瞬間は、生命の輝きが自然のなかに溶けいり、無に還る死の刻を暗示していよう。更に、私小説の視点から別の解釈も記しておく。作者はモティーフを、結婚直後の赤木山での生活から得ている。それを考え合わせると、初め空中と水中の二つに分かれていた火の弧が水面の遠くで一つに結ばれ、闇に消える様は、彼と新妻の夫婦生活の未来を暗示しているともとれよう。湖上の子舟から、島の岸辺に最初に焚火を見つける（このときは火とその反映が二つに分かれている（四〇六））のも、彼らが焚火をした後、「もう帰りませうか（四一六）」と、クライマックスの場面に幕を引くのも妻であるのは示唆的である。

ただし作者は、この情景が何かの象徴を匂わせるような書き方は一切していない。それが志賀直哉の創作の基本であり、根本である。

＊阿川弘之「志賀直哉の生活と芸術」、『小僧の神様・城の崎にて』、新潮文庫、二〇〇二年八月、二六二頁。

3　天と地の結婚 ―大山―

『暗夜行路』後篇は「第四　二十」で幕を閉じる。その「第四　十九」が大山登山の場面である。ここで、既にふれた主人公の思考法が集約的に展開される。

疲れ切つてはゐるが、それが不思議な陶酔感となつて彼に感ぜられた。彼は自分の精神も肉体も、今、此大きな自然の中に溶込んで行くのを感じた。その自然といふのは芥子粒《けし》程に小さい彼を無限の大きさで包んでいる気体のやうな眼に感ぜられないものであるが、その中に溶けて行く、――それに還元される感じが言葉に表現出来ない程の快さであつた。〔……〕大きな自然に溶け込む此感じは彼にとつて必ずしも初めての経験ではないが、此陶酔感は初めての経験であつた。

（五四一―五四二）

「大きな自然に溶け込む此感じ」とは、本稿の「はじめに」でとりあげた尾道での経験を指す。だが更に遡って、彼は既に尾道に向かう船の上でこれに似た感覚を味わって

いる。強風の吹きすさぶ甲板で、

彼は今、自分が非常に大きなものに包まれてゐる事を感じた。上も下も前も後も左も右も限りない闇だ。其中心に彼はかうして立つてゐる。〔……〕自分だけが、一人自然に対し、かうして立つてゐる。〔……〕それにしろ、矢張り何か大きな〳〵ものの中に吸ひ込まれて行く感じに打克てなかつた。これは必ずしも悪い気持とは云へなかつたが、何か頼りない心細さを感じた。彼は自身の存在をもつと確かめようとするやうに殊更下腹に力を入れ、肺臓一杯の呼吸をしてゐたが、それをゆるめると直ぐ、又大きなものに吸ひ込まれさうになつた。（一四五）

一つ前の引用文は、「これまでの場合では溶込むといふよりも、それに吸込まれる感じで、或る快感はあつても、同時にそれに抵抗しようとする意志も自然に起るやうな性質もあるものだつた。しかも抵抗し難い感じから不安をも感ずるのであつたが、今のは全くそれとは別だつた」と続く。「吸込まれる感じ」と「不安」が、この甲板で感じた「何か頼りない心細さ」を指しているのは明らかである。ここ大山では、その不安感が払拭されている。

ここで登山場面の描写の特徴を挙げておく。直ちに気づくのは、「感じ・感じる・〜感」といった同類語の多用である。尾道の描写のときより圧倒的に同一語が多く、しかもヴァリエイションに余り配慮がなされていない。「感ぜられた—感じた—感ぜられない—感ずる—感ぜられる」は工夫されているが、「感じ」という語がほとんど連続して用いられるのはほほえましいほどである。それは、主人公がここで感得する「一種悟道の境地（五六九）」、「心身解脱（五八五）」（阿川弘之）の境地に伴う「言葉に表現出来ない程の快さ（五四二）」を、作者がやや性急に、躍起になって説明しようとする気持ちから来ているのであろう。

さて、謙作の大自然のただ中での存在確認は、城の崎や尾道でみたようにまず一人になることから始まる。食あたりで衰弱しているからでもあるが、彼は同行者が彼のことを気遣うのに「一々答えるのも少し億劫になつた。結局、彼一人残る事になつた」。それから、山道脇の萱《かや》の茂みに腰を下ろす。後から来る登山者を避けるためであろう。上方から同行者の声が二、三度聞こえるが、「それからはもう何も聴えず、彼は広い空の下に全く一人になつた（五四一）」。——このように半ば意図したかのように、人里からも他者からも遠く離れた高所（「中国一の高山（五四三）」で独りになって初めて、前述のような「陶酔感」に浸ることが許されるのである。

ところで志賀は時々、自然を動物に喩えることがある。彼が都市から隔たった高所で自身を虫に同化させ、その合一感によって生死の境界を越え、一種の蘇生を感じるという「上昇的な生命認識（二六九）」（伊藤整）のかたちについては、『城の崎にて』で詳述した。その彼が、己が溶融するように感じる自然に動物との類推を見出し、山や島などの無機物から根源的な生命力を汲みとるのは当然の過程であるといえよう。『焚火』には、作者夫婦と友人が小舟で湖に漕ぎ出したとき、「四方の山々は蠑螈の背のやうに黒かつた（四〇五）」とある。大山についていえば、「村々の灯も全く見えず、見えるものといへば星と、その下に何か大きな動物の背のやうな感じのする此山の姿が薄く仰がれるだけで」ある（五四二）。「村々の灯」は人々の生活を表すが、それが夜明け前の靄に隠されている。山を喩える動物も名前が思いつかず、「薄く」しか見えないが、目覚める前の潜勢力を感じさせる。夜が明けるにつれ、「村々の電燈」、「米子《よなご》の灯《ひ》」、「境港《さかひみなと》の灯」に次いで「美保《みほ》の関《せき》の燈台」の強い光も見えるようになる。その「白い燈台も陽を受け、はつきりと浮び出した」とき、この情景を集約する秀抜な比喩が生まれる――「中の海の大根島にも陽が当り、それが赤鱏を伏せたやうに平たく、大きく見えた（五四三）」。「赤鱏」は「大きく見える」ものの、まだ「平たく」て垂直的な勢いに乏しいが、やがて大海原に泳ぎ出る秘められた活力を感じさせる。「赤色」は血潮の色であり、主人公の蘇生を予感させる。鳥たちも活動し始め、人々も一日の生活を始める——「村々の電燈は消え、その代りに白い烟《けむり》が所々に見え始めた」。このとき、主人公はまだ「遠い所より却つて暗」い山懐にいるが、そこであるすばらしい発見をする。

謙作は不図、今見てゐる景色に、自分のゐる此大山がはつきりと影を映してゐる事に気がついた。影の輪郭が中の海から陸へ上つて来ると、米子の町が急に明るく見えだしたので初めて気付いたが、それは停止することなく、恰度《ちやうど》地引網のやうに手《た》繰《ぐ》られて来た。地を嘗めて過ぎる雲の影にも似ていた。(五四三)

ここには天と地の融合が認められる。といっても、空をゆく「雲の影」と地との結合にすぎないが。ただその無機物の影の動きが、動物の暗喩によって「嘗めて」と表現されていることは、眠っている「夜鳥」、山の直喩「大きな動物の背」、目覚めた「小鳥」、海の「鼠色の光」(この「鼠」に動物性は稀薄であるが)、島の直喩「赤鱏」に続く動物描写として重要である。この「嘗める」という動詞は、食餌のみならず消化・吸収まで連想させる。このたった一語で謙作の生命力の蘇りを暗示する手際はみごとである。このように謙作のいる山の影が、急速に明けてくる海岸線、町や村、燈台や湖の見える広大な風景をかすめながら彼の方へ引き上げてくるのは、彼と、他者の生きている町や村との接触が復活し始めることを予示していると思われる。更にその影が大空の雲と結びつけられるため、「何か大きな動物」↓「大山」↓「大自然（天地間の万象）と主人公の融合」↓「主人公のいる大地と大空の融合」がここで完成する。ただし、まだ、影と影のつかの間の融合であるが——。

この場面でとりわけ大切なのは、『暗夜行路』では初めて、永遠についての考えがかなり明確に語られることである。

彼は今、自分が一歩、永遠に通ずる路に踏出したといふやうな事を考へてゐた。彼は少しも死の恐怖を感じなかつた。然し、若し死ぬなら、此儘死んでも少しも憾むところはないと思つた。然し永遠に通ずるとは死ぬ事だといふ風にも考へてゐなかつた。（五四二）

「永遠」は、ここでもまだそれについて「考える」対象であって、「感じる」域には達していない。しかし謙作は、観念的ではあっても永遠への路に自分が「踏出した」と想い、死後ではなく生きている今、己の存在が「永遠」と繋がったことに気づく。無限に小さい人間存在が（「自分の精神も肉体も（五四一）」）、無限の広がりを有し、永久に存続するであろう自然に「還元される（五四二）」のであるから、自分も自然とともに永久に在りつづけるであろうと想像するのは当然である。この自然も、実在の山や空や海で出来た物質的なものというより、もっと観念的な、しかし彼にとっては確実に存在する「気体のやうな眼には感ぜられないもの（五四一）」である。

とはいえその「還元」は、一方では自分が無に還ることに他ならない。我々は信仰者でない限りおそらく、死ぬことは無に還ること、零《ゼロ》に戻ることで来世などないと考えているが、謙作はそんな風には考えなくなっている。そして仮にそうであっても、彼はもはや死ぬことに対して怖れを覚えない。彼が魂の存在とその永生を信じているかどうかは、はっきり言及されていないので分からないが、少なくとも彼の生の痕跡が何かに変質して、その何かが宇宙のなかで消えずにおそらく未来永劫残るであろう、と彼は想像しているようである。ただ確かなのは、彼は自身の肉体が消滅することには何の疑念も恐怖も抱いていないことである。彼は夜明けの空の色にさえ、心を開く——「空が柔かい青味を帯びてゐた。それを彼は慈愛を含んだ色だと云ふ風に感じた」。そうであれば謙作は、『城の崎にて』で話者が希求していたような、死を目前にしても動転しない「静かさ」と「死後の静寂」を望める境地にはたどりついたように思われる。

おわりに ―「弧」をめぐって―

志賀直哉は詩人型の小説家ではなく、比喩には余り頼らないが、この大山からの眺望を描くときは幾つも比喩を用いている。先にふれたような宇宙規模の、深遠な溶融感を表現するにはそれが不可欠になるのであろう。

最後に、謙作の無への限りない接近からの復活、根源的な生命力への回帰を予示する鳥について考えてみたい。彼が萱の茂みで半睡状態に陥っていたとき、鳥たちも鳴りをひそめている――「静かな夜で、夜鳥の声も聴えなかつた（五四二）」。が、やがて「山頂の彼方から湧上るやうに橙色《だいくいろ》の曙光が昇つて来た」頃、

> その他《ほか》、女郎花《をみなへし》、吾亦紅、萱草《くわんざう》、松虫草《まつむしさう》なども萱に混じつて咲いてゐた。小鳥が啼きながら、投げた石のやうに弧を描《ゑが》いてその上を飛んで、又萱の中に潜込んだ。（五四三）

草花の混じる茂みを飛び越える、朝の小鳥の弧線は殊に鮮やかである。謙作の視線がこの運動に惹きつけられるのは、彼の内部にもそれに呼応する活力が萌しているからであろう。だがこの弧はまだ低くて短いもので、垂直性に欠ける（「又萱の中に」とあるから、鳥が萱の中から飛び立ったのは明らかである）。しかも石の直喩があるため、硬さと冷たさを感じさせる。これには頭韻の効果も加わる。「小鳥が」と「弧を」の〔ko〕は硬さを、「啼きながら」と「投げた」の〔na〕は鳥の柔かさを喚起する（更に〔ko〕は「潜込んだ」、〔na〕は「中に」とも響きあう）。その上、文章全体にカ行とガ行の音が多い（＝コンソナンス）。

ここで思い出されるのが、スタンダール（一七八三―一八四二）の『赤と黒』（一八三〇年刊）の一場面である。主人公の貧しい美少年、十八歳のジュリヤン・ソレルはレナール家の家庭教師になった後、故郷の大森林の真ん中の岩山に登り、未来への野心を燃やす。彼は一つの巨岩の上で、「あらゆる人間から離れたと確信」する。作中、最も鮮烈な情景の一つである。

ジュリヤンは巨岩の上に立ったまま、八月の太陽に炙られる空を眺めた。〔……〕彼は足下に二十里四方の地を見渡した。隼か、時おり、頭上の巨きな岩場から舞い上がり、沈黙のうちに壮大な円を描くのが見られた。ジュリヤンの眼は、機械的に猛禽を追いかけていた。その静かな、力強い運動が彼の胸を打った。彼はその力を羨んだ。彼はその孤絶を羨んだ。
それはナポレオンの運命だった。それはいつの日にか自分の運命になるだろうか？[*]

（第一部・第十章。筆者訳）

隼はナポレオンの紋章である鷲を暗示している。この情景には過去のナポレオンの没落、ジュリヤンの未来の失墜の影は忍びこんでいない。大空に猛禽が描く広大な円に比べると、謙作の見た小鳥の描く弧が実につつましいものであることがよく分かる。もちろんそれは鳥の大きさの違いにもよるが、まだ謙作に蘇生力が十分には戻っていないことを暗示する。

前の章の『焚火』では、燃え残りの薪が火の粉を散らしながら湖上を飛んでゆくとき闇のなかと水のなかに同時に描かれる弧は、生命の燃焼を象徴していた。更に想像すると、この二本の弧は闇のなかに、つかの間ではあるが次々に楕円を出現させていたことになる。これは聖なるものの表象である完全な円ではないが、それに近い形である。繰りかえしになるが、一つの薪が途中二つに分かれ、また元の一つに（水面で）戻るのは、一本の生命の樹から枝分かれした二人が結ばれ、やがて無に還る夫婦を暗示しているともとれよう。いずれにしろここに描出された火の楕円は、我々読者の脳裡に、ある表象、というより一つの経験、一つの収穫として残りつづける。

大山からの眺望がもたらす収穫は、山の影が主人公の許へ戻ってくる運動の内にある。何度読んでも飽きないその箇所を、再び引用する。

影の輪郭が中の海から上つて来ると、米子の町が急に明るく見えだしたので初めて気付いたが、それは停止することなく、恰度《ちやうど》地引網のやうに手繰《たぐ》られて来た。

いうまでもなくこの影は、遥か遠方の日本海から都市や群集も含む陸地を嘗めながら、手繰り寄せられる。このとき影の「地引網」**は巨大な円を描きながら引き絞られてくるはずである。その円は、主人公に豊穣な収穫を約束しているように思われる――「中国一の高山で、輪郭に張切つた強い線を持つ此山の影を、その儘、平地に眺められるのを稀有の事とし、それから謙作は或る感動を受けた（五四三―五四四）」。その「平地」に、彼が一度離れてきた街や村に、既知や未知の人々の「誰も彼もが（一九一）」、彼と同じ無限に小さい、孤独な命を、それぞれに背負い生きている。この大自然に円くかこまれた高い場所で、「精神も肉体も（五四一）」宇宙と融合したと感じ、「永遠」の世界へ踏みこんだように想った後、彼は亡母と同じような過ちを犯した妻を許すであろう。もし瀕死の床から生の世界へ帰還できれば、彼は町に帰り、人々との一体感を求めながら生きてゆくであろう。この、闇からの蘇生が、主人公、時任謙作の収穫であり、作者、志賀直哉の収穫である。

＊Stendhal, *Le Rouge et le Noir*, Bibliothèque de Cluny, Armand Colin, 1958, p. 68.

＊＊その影が地引網に喩えられた山は「何か大きな動物」であり、山の影の比喩である雲の影は、従って雲は大空の舌に喩えられる。山の影の地引網が描く弧線は大きな唇であり、網そのものが巨大な舌でもあると考えられる。自然あるいは宇宙に、その「限りない闇（一四五）」に吸い込まれる不安や恐怖、逆にそこへ溶けこむ陶酔感や快感は、我々が自然あるいは宇宙に呑みこまれ、咀嚼・吸収されるときの感覚に他ならない。この世に生命存在を生みもし、捕食して消滅させもする自然あるいは宇宙は、大地母神であろうか、または「わが子を貪るサトゥルヌス」（ゴヤ）であろうか？

あとがき ――《虹と授乳の聖母子》を求めて――

最初のフランス留学以来、研修や調査のときは別として、私のヨーロッパへの旅は大ていい明確な目的も綿密な計画もなく、ゆきあたりばったりであった。ただどの街でも美術館だけは訪ね、できるだけ多くの作品を丹念に見るように心がけてきた。といっても、私の視線がおのずから好みの画家や絵に集中したことは否めない。定まったテーマをもって海外に出かけるようになったのは、近ごろのことである。

八年前、二人の友人と発刊した詩誌に《GRIFFON》と名づけてからは、このライオンの体に鷲の頭と翼の怪獣を歴史ある建物のインテリアや外壁に探すようになった。そして毎号、発見したグリフォンの彫像や絵について小文を載せている。これを、たとえばウルビーノ宮殿のマントルピース、アッシジのサン・フランチェスコ教会の分厚い扉、ラヴェンナの様々な洗礼盤や石棺のレリーフ、リヨンのサン・ジャン大聖堂ファサードの彫刻群にみつけたときの喜びは忘れがたい。

まど・みちおの詩「にじ」を出発点に「虹の聖母子」を書いてからは、教会や美術館の絵画・彫刻のなかに、幼な子イエスに母乳を与えている聖母マリア、また聖母が虹と一緒に描かれた作品を探すことにしている。この二つのモティーフのそれぞれについてはかなり沢山みつけることができたけれど、《虹と授乳の聖母子》にだけはまだお眼にかかれない……こうした出逢いを求め、私はこれからも旅を重ねてゆくつもりである。

本書に収めた論考のうち、Ⅰ「虹の聖母子」は広島女学院大学『論集』に、Ⅱ「共感覚の詩」・Ⅲ「村野四郎の詩法」・Ⅳ「風立ちぬ小論」は同『一般教育紀要』(二〇〇〇年、新学科設置に伴い廃刊)に発表したものである。今回それぞれに少し手を入れ、「共感覚の詩」には「おわりに」を書き加えた。また、「志賀直哉小論」を新たに書き下ろした。

表紙カヴァーと扉の図版にはミケランジェロの素描を用いた。フィレンツェのウフィッツィ美術館でこの授乳の聖母子の絵葉書をみつけたとき、私は小躍りしそうになった。これほど烈しく母マリアの乳房に吸いついた幼な子の姿は、私の知るかぎり北方ルネサンスの画家たちも描いていない。彼独特の誇張や意匠化が見られず、みずみずしい情感と躍動感を湛えたスナップ・ショットである。

著　者

〔本書は、広島女学院大学より学術研究助成を得て刊行された。〕

よこやま　あきまさ

1943年、広島県福山市に生まれる。広島大学附属福山高等学校、同大学文学部文学科を経て大学院文学研究科博士過程に在学中、フランス政府給費生としてボルドー大学・ルーアン大学に留学（1972－75）。フランス文学専攻。リヨン第IIリュミエール大学客員研究員（1991－92）。現在、広島女学院大学教授。著書に『夢の錨』（詩集・思潮社）、『石の夢 －ボードレール・シュペルヴィエル・モーリヤック－』（溪水社）、『広島の被爆建造物』（共著・朝日新聞社）など。詩誌『GRIFFON』主宰。

現代日本文学のポエジー
－虹の聖母子－

平成16年３月25日　発行

著　者　横山　昭正

発行所　㈱溪水社
広島市中区小町１－４（〒730－0041）
電話（082）246-7909／FAX（082）246-7876
E-mail：info@keisui.co.jp

ISBN4-87440-815-X　C1095